地味な剣聖はそれでも最強です
7
明石六郎
画 シソ

目次

地味な剣聖はそれでも最強です 7

明石六郎

画 シソ

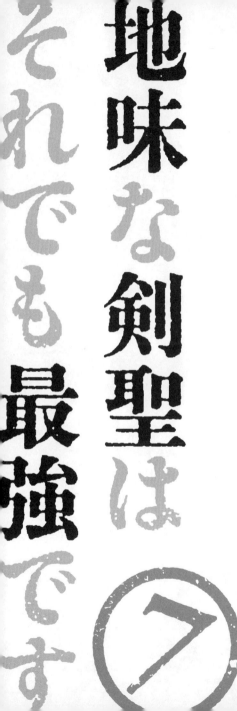

第一章 出立前

墓標

俺と師匠は、二人でカプトの東端に来ていた。これより東に行くと、ドミノにたどり着く。別に行って悪いわけではないが、行く予定はなかった。今回の目的地は、あくまでもここである。

師匠と、その兄弟子が戦った地。そこで師匠は、鎮魂の社を建てていた。石だけで作った簡素なものだが、師匠の手作りである。

共に数千年の歳月を、修行に捧げた二人の仙人。その正面衝突によって生じた、荒涼たる大地。元々正蔵の魔法によって荒れていたが、今は更に荒れ切っている。

見栄えが、ではない。それは師匠がある程度直している。しかし仙人の端くれである俺には、そのもっと深い部分がわかる。

自然に残る仙気が、乱れに乱れている。大地も大気も、不自然に入り乱れすぎている。このまま放置すれば、この周辺一帯を中心として、大規模な異常が起きるだろう。

異常気象なのか大地震なのかわからないが、それとも両方か。歪みが正されるまで、途切れることなく続くだろう。

それが何十年後なのかわからないが、時間を経るごとに大きなゆがみになってしまうはずだ。

だが逆に言えば、今はまだ乱れが少ない。それを鎮めるために、師匠はそれを作ったのだろう。

師匠が社を建てると、周囲の仙気がほぐれ始めた。一瞬で何もかもが直るわけではないが、むしろ急激に直すよりも周辺にとってはいいことなのだろう。

「……これが、師匠のやりたかったことですか」

「うむ。忘れぬうちにな」

この地の乱れは、確実に正されつつある。だがその一方で師匠の顔は浮かなかった。

この社の機能や役割は果たせているが、しかしもう一つの意味は果たせていない。ここで殺してしまった、兄弟子だというフウケイというお人の鎮魂だ。

「……」

俺は師匠の兄弟子には会っていないので、その心中を察することはできない。だがおそらく、師匠に鎮魂の祈りを捧げられても、きっと喜ばないだろう。

師匠もそれはわかっている。だからこそ、この鎮魂の儀、葬式は悲しかった。

「サンスイよ」

「はい、師匠」

「お前は、こうなるなよ」

死者を弔う墓の前で「こうなるなよ」と言えば、普通は死者を蔑《さげす》む言葉にしか聞こえないだろう。

だが違う。師匠は死者ではなく、己自身をこそ蔑んでいた。死者から許される資格がないと、自らを蔑んでいる。

その心中は、察するに余りある。

「儂《わし》のように……取り返しのつかぬことばかりする、どうしようもない男になるな」

誰よりも強くなりたいと、誰よりも強く思っていた。その修行の果てに、自分が何もかも悪いのだと認めることは、いったいどれだけ勇気のいることか。

そして、それを受け入れた先には、ただ苦悩だけがある。師匠は、それを受け入れている。

いっそランのように、粗暴に振る舞えればどれだけ楽か。

「約束してくれ……非のない生き方をしろとは言わんが……非しかない生き方だけはやめてくれ」

「……はい、師匠」

師匠は、社に背を向けた。おそらく、心の限界だったのだろう。

ああして社を作って置いたことで、もしも兄弟子が見ていたら自分をどう責めるのか、考えてしまったのだ。

物言わぬ敗者の言葉を想像し、落ち込む勝者。それはあまりにも、最強から程遠い。

「すまぬな、年寄りの墓参りに付き合わせて。だが儂は……儂の恥を、お前に見てほしかった。儂はお前にとって良き師であろうとしていたが、それは己の姿を隠すことでもあった」

俺はエッケザックスをはじめとして、師匠の関係者に会った。

その都度思ったのが、俺は師匠のことを何も知らないということだった。

最強であるはずの師匠には、多くの武勇伝があるはずで、しかしそれをずっと隠していた。

恥ずかしくて、語れなかったのだ。

「この、見るに耐えぬ弱々しき姿こそ、お前の師の本当の姿だ。忘れるな」

「はい」

「……儂は、お前が森に戻れば、そのまま稽古をつけなおすつもりであった。お前にはまだ教えていない術がたくさんある。いいや、むしろこれからこそ、お前には多くを授けるつもりであった。だが……疲れた」

悠久の時を超えて、ひたすら研鑽に明け暮れた師匠。誰にも負けたことがないのに、ひたすら鍛え続け、学び続けた師匠も。

恩人がずっと自分を恨み続けたこと、その恩人を殺さざるを得なかったことには、さすがに堪《こた》えたらしい。

「サンスイよ、お前には言っていなかったが、儂は既に己の絶招《ぜっしょう》を授けている」

「師匠の、絶招……」

「水墨流《すいぼくりゅう》仙術総兵法《そうひょうほう》絶招。十牛図第十図《じゅうぎゅうずだいじゅうず》、入鄽垂手《にってんすいしゅ》、自力本願剣仙一如《じりきほんがんけんせんいちにょ》、不惑の境地。儂が到達した武の、最強の答えであり……」

師匠は、悔しそうに、申し訳なさそうに、現実を突きつけた。

「誰かを傷つけずとも、誰かを苛《さいな》まずとも、真摯に修行を積めばたどり着けた境地だ」

無益な殺生だった、無益な争いだった、無益な人生だった。師匠は、勝利の過去を自分で無意味と断じた。

「儂はお前に、己の人生の意味を授けた。それで満足するべきなのであろう……これ以上お前に何かを教えようとすること自体が、お前の師として幸せを感じること自体が、この上なくおこがましいことなのであろう」

死ぬ気だと、わかった。

「師匠、私は……いえ、俺は……まだまだ未熟者です。もっと多くのことを、師匠から学びたいのです」

先日も、薫陶を受けたばかりだった。俺は師匠に比べてあまりにも弱く、師匠としての気構えも足りていなかった。

まだまだ俺は、師匠に導いてほしかった。

「ふっ……逸《はや》るな。確かに儂はこの世を去るつもりだが……今すぐではない」

師匠は、カプトの要塞都市を見た。正しくは、アルカナ王国の側を見た。

仙人同士の戦いに巻き込んでしまった、俗人達の暮らす国を見た。

「何よりもまず、この国に償いをしなければならん。お前の士官先であり、何よりも儂とフウケイに巻き込まれた国だ。この国に償いをせず、世を去るなど勝手の極み」

武人としての師匠は、俺に絶招とやらを伝えたことで、既に引き際だと感じているらしい。

だが仙人としての師匠は、兄弟子の罪を償うことが大事だと思っているようだ。

「それにだ。儂の死ぬ場所はもう決めている。故郷である花札という地だ。そこは仙人の多く棲まう土地であり、お前にとって次の修行地となる場所でもある」

「では」

「うむ……儂はこの国に償いをしてから、お前をその地へ連れていく。お前のことを任せられる仙人に託してから、お前の前で……人生を終えるつもりだ」

その安らかな表情は、終わりを認めた顔だった。とてもではないが、俺には止められない。

「だからこそ、俗世でお前に暇ができるまでは待つつもりだ。今やお前も役の有る者なのだろう、立て込んでおるのに私事で連れまわすことは心苦しい」

つまり、俺の仕事が暇になるまでは、アルカナ王国に貢献するつもりのようだ。

正直複雑で、心の整理が追い付かない。師匠以外の仙人の下で、修行を積むということも想像できない。

だが、ただでさえ、五百年も俺に付き合ってくれた師匠だ。これ以上付き合わせることも、正直心苦しい。

惜しみつつも送ることが、何よりの報恩なのだと思おう。

「してサンスイよ、お前は今どのような仕事を抱えているのだ」

「差しあたり、二つですね。片方はすぐに終わりますが、もう片方はかなりかかるかと」

少し前までは、俺はお嬢様の護衛だった。それはそれで暇でもなかったが、抜けようと思えば抜けられた。だが今回抱えている仕事は、どれも抜けられないものである。

「まず、私が剣を教えた生徒達が、この後剣士として職に就きます。私は彼らの先生として、彼らを送り出す義務があるのです」

「なるほど、大事であるな」

「もう一つは、マジャン王国への旅です。お嬢様とトオン、スナエと祭我の結婚を、マジャン王国へ報告しなければなりません。もうすでにお嬢様の護衛ではない私ですが、トオンの剣の師として同行いたしますので……」

「そうかそうか……それも喜ばしいな」

うむうむ、と師匠は嬉しそうにしていた。自分に関わった人が、幸せになることを喜んでいる。俺にとっても嬉しいことで、同時に悲しいことだった。

「お前の主とお前の生徒、どちらも儂にとって他人ではない。できる限りのことはしてやりたいのう」

師匠はもう、自分が幸せになることを諦めているのだから。

授与

俺の下で剣の稽古をいくら頑張っても、それは仕事ではない。

俺の剣の生徒達も、現場に出て働かなければならないのだろう。

「先日はフウケイとの戦いで、妹の護衛をよくやり遂げてくれた。兄として、ソペードの当主として、とても感謝している」

ソペードの当主であるお兄様は、俺と師匠を横に並べた上で、俺の生徒達を全員集めて話をしていた。

集めた場所が、俺とお兄様が最初に会った、王都の屋敷というのは一種の運命を感じる。単にここが王都なので、他に集まるべき場所がないからなのかもしれない。とはいえ、本来なら貴人しか入らない場所であり、生徒の誰もが緊張していた。

「では本題に入ろう。いよいよ私の妹と、トオンが結婚することになった。当然だが、トオンの両親へも結婚の許可を取る必要がある。私は出向けないが、代わりに父がトオンや妹と一緒にマジャン王国へ向かい、挨拶をしてくる。その旅には、ここにいるサンスイも同行することになっている」

もちろん、この場の生徒達も全員それを知っている。

来るべき時が来たのだと、全員が覚悟を決めていた。

「これを機会に、いよいよお前達にも今後のことを考えてもらう。トオンの部下として妹の護衛に参加するか、あるいはソペード家傘下の貴族の下で働くか。少なくとも……今と同じように、普段は稽古だけしていて、有事の際だけ戦うということは許さん」

今まで彼らには、ソペード家から援助がされていた。暮らす場所やちょっとした日銭も渡されていた。

だがそれは、こうして働いてもらうための投資である。彼らが十分に働けるだけの実力を得たと、お兄様やお父様が判断した結果だった。

「だがその前に、お前達へ渡すものがいくつかある」

そう言ってお兄様は、たくさんの『紙』を取り出した。どれもが豪華な布でまとめられており、特別なものが書かれた紙だとわかる。

「お前達に、私から各貴族への紹介状を書いた。これはお前達が、サンスイの下で修行してきたと、私の名前で保証するものだ」

文字通りの意味で、免許証のようなものである。だがその意味は、それこそ命よりも重いだろう。

これをお兄様が各員に配るということは、この場の全員の人格や経歴をお兄様が保証するということである。

まさに、お墨付き。今まで無頼だった彼らは、ここに公認を得たのだ。それも、現役のソペード当主の公認を。

雑に言えば、あの紙を見せるだけで、ソペード傘下のどの貴族にも就職できるだろう。

「今回お前達に渡すこの書状には、私の署名が入っている。そしてお前達一人一人の名前も、別の目録に記してある。つまりお前達には、立場と責任が生じたということだ」

お兄様は、厳しい顔で言い切る。

「もしもお前達が無頼気取りで勝手な真似をすれば、私だけではなくサンスイの顔に泥を塗ることになるのだ。それをしっかりと理解して、この書状を受け取ってほしい」

その脅しを聞いて、彼らは涙ぐんだ。

武によって身を立てると誓った彼らは、ついに四大貴族の当主様から信頼を得たのである。国一番の剣士にはなれずとも、夢を叶えたと言っていいだろう。

「具体的に言おう」

だが脅しが足りないと判断したらしいお兄様は、意地悪い笑みを浮かべて俺を指さした。

「この男に責任を取らせる、殺しに行かせる」

ぞっと、全員が青ざめた。

俺と自分の間にある差を理解している上で、俺やお兄様なら本当にやると知っているからだろう。

「サンスイ、まさか嫌とは言うまいな？」

「もちろんです、当主様。この白黒山水、生徒が至らぬ真似をしたのなら、剣でそれを償いましょう」

とはいえ、それは俺の役目である。彼らを鍛えた者として、彼らが道を踏み外した時には、責任をとって殺しに行く所存である。

「皆さんには、私からも書状を送らせていただきます。皆さんがまだまだ未熟だと己を恥じる気持ちはわかりますが、一定の段階に達していることは私が保証します。当主様からの書状に比べれば価値は低いかもしれませんが、どうかそろえてお持ちください」

ソペードで学んだことの一つに、この国の文字がある。

俺は自分で書状の文章を考えて、直筆で一枚一枚書いた。

生徒一人一人の名前を書くたびに各々の顔を思い出して、本当に涙が滲《にじ》んだものである。

「皆さんの更なる躍進と上達を、私は期待しております」

だが場合によっては彼らを殺さないといけないのだ、剣の道とは険しいものである。

「この書状を受け取った皆さんを、この手にかけずに済むことを、私は願っております」

皆が震え始めているが、脅したぐらいで彼らが道を踏み外さずに生きられるのなら、むしろ安いものである。

これから彼らの人生は飛躍するのだが、それは逆に誘惑が待つ人生でもある。

事前に釘を刺すことは、本当に必要だ。

「さて、では儂である」

最後に、師匠が話を始めた。

これにはさすがに、お兄様も俺も身を正す。もちろん生徒達も、顔を引き締めていた。

「まず我が弟子であるサンスイが、剣の道で指導者となり、門下生を送り出す側となったことを、勝手ながら喜ぶことを許してほしい」

いきなり恥ずかしいことを言い出す師匠。生徒達の卒業式のようなものなのに、俺の成長を喜び出している。

「思えば五百年前、神が儂の元にサンスイをよこした時は……なぜこんな俗人を鍛えねばならんのかと思った。しかしエッケザックスを奪っておきながら最後には捨てた身として、大いに負い目があり、請け負った」

やめてほしい、すごく恥ずかしい。

「しかしいざ育ててみると、師の下でフウケイと共に過ごしていた日々を思い出し、己に重ね、やがては息子のようになった。そして我が絶招を体現するに至った時には、本当に感無量だったのだ……」

俺が恥ずかしがっているところを見て、周囲の人がにやにや笑い始めた。

本格的に恥ずかしいので、本当にやめてほしい。

「まあ、とはいえ、儂がサンスイを送り出したのも、我が絶招を体現できればこそ。もしもその域に達しておらねば、恥を承知で一緒に俗世へ出ていたであろう。実力の足りぬ弟子を送り出すなど、仙人の恥であるからな」

この場の生徒達は、トオン達と一緒に、師匠が戦うところを見ていた。

誰もが口々に、師匠の戦い方を俺はできている、と言っていた。俺と師匠を比べて、俺に失望しなかったのだ。

「しかるに、サンスイやお前達の不安もわかる。不十分な技量の弟子を、世に出すことのなんと心細いことか。師が高名であればあるほど、他の者からの期待も重かろう」

師匠の言葉は、ようやく本題に入った。

世間の人達は、きっと彼らに期待する。白黒山水の弟子なのだから、同じことができるのだと期待する。

そして、違ったらきっと、とてもがっかりするのだ。

「さりとて、そう易々とサンスイの域に達せるわけもない。であればどうするか」

師匠は、大きな包みを開いた。そこには人数分の、武器と防具が入っている。

「未熟なうちは、道具に頼ることも悪くはない。儂も若い日にはエッケザックスに頼り、さらに前にはこうした道具を使っていたものだ」

普通の人には、素人が作った武骨な道具にしか見えないだろう。

だが仙人である俺にはわかる、あの道具には師匠の仙気が込められていると。

お兄様は事前に聞いていたので、その表情に疑問はない。ただ緊張するばかりだった。

「これは仙人が作る武具、宝貝という。わかりやすく言えば、これを使えば、誰でも仙術を使えるようになるのだ」

一気に、生徒達の顔色が変わった。

無理もないだろう、師匠の使う仙術を見たのなら、それを基準に考えてしまうに違いない。

「まあそこまで強い術は使えん。仮にそこいらの素人に渡しても、決して使いこなすことはできぬ。だが……サンスイが認めるほどの剣士になったお前達なら、使いこなせるはずだ」

師匠は一人分ずつに分けたものを、全員に渡していく。

「サンスイがこの地を離れるまでの間、儂が使い方を教えよう。そしてこれを使いこなせた暁には」

世界最強の男である師匠は、怪しく笑って保証した。

「余人から見れば、サンスイと変わらぬ動きができるであろうな」

×　　×　　×

俺達は、一旦屋敷の外に出た。

そこは当然、俺が実力を試された場である。

俺達がそこへ行ったとき既に、師匠の作った武具を身に着けたトオンが待っていた。

「トオンには既に、数日前に渡しておる。さすがに筋が良い、もう使いこなしておる」

師匠が作った宝貝は、どれも見た目はあまりよくない。しかし不思議なもので、トオンが着ているというだけで、野趣のある装備に見えてくる。

多分俺が着たら、ただの野蛮人か、武装した村人にしか見えないだろう。

「あの陣羽織は大聖翁《だいせいおう》、草と石で作った防具じゃ。加えて腰から下げている二本の得物は、それぞれ干将《かんしょう》、莫耶《ばくや》という。大仰な名前ではあるが、軽く頑丈な武具程度に思っておけ」

やはり目立つのは、武器防具。俗人にはただの素人工作にしか見えないだろうが、俺にはそれが『気功剣《きこうけん》』だとわかる。

気功剣とは仙気を剣に流して硬くする技術であり、俺が普段やっているように木刀でも金属の剣でもできる。やろうと思えば、手に持った道具なら何でも硬くできるのだ。

ただ俺の場合は、手に持っている間しかそれが持続しない。ましてや常時発動させ続けるなど、到底不可能なことである。

だが師匠が作った宝貝は、手元から離れても常に維持されている。それこそ、トオン達に配られ、使っていても問題がないほどに。

だがそれは、決してインチキではない。武器防具に限らず、師匠が作った宝貝の材料は、師匠が千五百年暮らしていた森にあるものだ。

木であっても数百年単位、石であれば千五百年ずっと師匠の仙気を浴び続けていたのである。

それらを加工したならば、術が数百年間維持されても不思議ではない。

「無論、武器というのは軽ければいいというものではない。また、打ち合っていれば砕けることもあるだろう。はっきり言って、そこまで強い武器ではない」

とはいえ、俺も気功剣の限界は知っている。多少硬くなるが、絶対に壊れない武器にはならない。

それに武器が軽くなるということは、威力も軽くなるということである。真正面から斬り合う時には、必ずしも有利に働くというわけではない。

「本命は、それ以外と思え。実際に試すとしようか」

「はいっ！」

緊張した面持ちで、トオンが石の刀を抜いた。

干将と莫邪は、打製石器と磨製石器を合わせたような形状をしており、長さ以外は差がない。

干将は片手でも扱いやすい短い刀で、莫邪は両手でも片手でも扱える程度の長さである。

二刀流で戦えという意図はなく、狭い場所や開けた場所で使い分けたり、片方が折れた時の保険ということだろう。

ここは開けた場所なので、当然トオンは莫邪を構えている。

「案ずるな、トオン。存分に儂に当ててよいぞ」

「……はい！」

朗らかに笑って木刀を構える師匠に、トオンは緊張を隠さない。

トオンは俺にも礼儀を欠かさないのだから、俺の師匠であるスイボク師匠にはさらに敬意を払っているのだろう。

だがそれでも、トオンは一角《ひとかど》の剣士。すぐに切り替えて、体から余計な力を抜く。

それを見て、俺も師匠も、他の剣士達も嘆息した。あまりいいことではないが、彼が戦う体勢になったとわかったのだ。

「行きます」

「うむ」

両者、一足一刀の間合いからは遠い。何の術も用いなければ、数歩間合いを詰めないと、斬り込めない距離がある。

そしてトオンは、影降ろしを使わず間合いを詰めていく。それは緊張感こそあるものの、普通の戦い方だった。

そしてトオンが師匠の木刀の間合いに入る。師匠はあえて、普通に木刀を振りかぶり、打ち込もうとした。

「はぁ！」

たった一歩、たった一瞬。トオンが爆発するように突き込んだ。

振りかぶっていた師匠の喉元に、石でできた刀の切っ先が届く。

「速い！」

お兄様は、一瞬の速度に感嘆した。お兄様だけではない、他の面々も驚愕している。

「うむ、機を得ていたな。見事だ、トオンよ」

「……恐縮です」

しかし突き込んだトオンと、それを見ていた俺は、むしろ師匠に驚いていた。

トオンは寸止めをせず、確かに喉を突いていた。師匠はそれを見切りつつも、しかし避《よ》けずに受け止めたのである。

師匠の奥義、絶招の一つ。自分に触れた瞬間に、触れたものの重さを拡散させ、威力を完全に消す軽身功《けいしんこう》の極みである。

しかし、それに驚くのは趣旨に反する。俺もトオンも、そこには触れなかった。

「これは仙術の一つ、瞬身功《しゅんしんこう》という術じゃ。フウケイと儂の戦いに居合わせた者なら何度か見たじゃろうが、このように速く動くことができる」

さらりと言っているが、とんでもない効果であろう。

今師匠はあっさりと仙術で防いでいたが、遠くから見ていた他の生徒達やお兄様は、まったく反応できていなかった。その速さに、目を奪われたほどである。

「速くなると言っても神降ろしや凶憑《まがつ》きほどではないし、速くなるだけで力は増えん。その上長く使うと、すぐに疲れる」

神降ろしも狂戦士も、身体能力がまんべんなく上がる。単純な腕力や速度に加えて、体も頑丈になるはずだった。

だが瞬身功による強化は、あくまでも速さが上がるだけ。また、十の力で十速くなる神降ろしに対して、二十の力で五しか速くならない、という具合である。

「力だけ上がる豪身功《ごうしんこう》という術があり、それを再現する豪身帯という宝貝も作って渡しているが、これも同じようなものだ」

師匠は、自分の渡す宝貝が絶対無敵の道具ではない、と重ねている。それは嘘ではないだろう。だが同じように、トオンの速さに全員が驚いたことも、決して嘘ではない。

遅いと言っても神降ろしや狂戦士相手の話であって、体を強化できない普通の相手には十分だ。

「とはいえこの国にいる以上、神降ろしの使い手や狂戦士と戦うことなどほぼないであろう。魔法を使う者や法術を使う者には意味を持つ。むしろ問題なのは、すぐに疲れることであろう。一人と戦う分には問題ないが、多数を相手どるのなら頭を使わねばならん」

今トオンが実演したように、通常は術を使わないで一瞬だけ速くなって攻撃する、というのが基本になるだろう。緩急をつける意味もあって、非常に有効である。

多数を相手にする場合も同様で、速度で攪乱するということは控えたほうがいいだろう。

「そして儂が開眼し、弟子へと伝えた奥義は、頭の奥義である。これらを使いこなせるようになった暁には、自ずとサンスイに近づけるであろう」

その言葉を聞いて、トオンを含めて俺の生徒達は顔を引き締めていた。

誰でも仙術が使えるようになる道具ではあっても、誰がどう使っても無敵になる道具ではない。だからこそ、使いこなす意義がある。

日頃の修行の成果を発揮し、今後さらに強くなる。

ただ敵を倒し、自分や俺の権威を守るための道具ではないと、師匠は言っているのだ。

「さて、それからもう一つ。儂が作れる中で、一番難しい宝貝を見せよう。トオン」

「はい！」

トオンの表情が、緊張から笑顔に変わった。

彼の両足首についている小さな木製の車輪が、くるくると回り出す。

すると、彼の体は浮かび上がって停止し、見えない地面に立っているかのようだった。

ただの軽身功とは違う、明らかな空中戦を意識した状態である。

「風火輪という、空中で地面を踏むように動ける宝貝である。十全に使いこなすには練習がいるが、瞬身帯や豪身帯と違ってそこまで疲れることはない。浮かぶ分には簡単ゆえに、皆も一度試すがよい」

師匠に促されて、生徒の皆が足首に風火輪をつけていく。

半信半疑で足首に力を込めると、ふんわり浮かび始めた。最初こそおっかなびっくり低空で浮かぶだけだったが、段々と楽しそうになって、高度を上げ始めた。

この国で空を飛べるのは、ブロワや近衛兵のような一流だけである。その彼らもものすごく努力してのことなので、もしも見たらがっくり来てしまうかもしれない。

というか、俺がまさにがっくり来ている。

俺だって軽身功を学ぶにはすごく時間がかかったのに、それよりも難しいであろう術を、彼らはあっさりと習得していたのだ。

もちろん宝貝という道具頼りなのだろうが、それでも飛んでいることに変わりはないわけで。

正直、俺もあっちが良かった。なんで師匠は、俺に宝貝を作ってくれなかったのか。

「お前の師匠は、何でもできるな……」

効果をあらかじめ聞いていたお兄様だが、本当に誰でも簡単に浮かび上がれることを見て、かなり呆れていた。

もちろん師匠自身は、宝貝を作れるようになるまで修行したのだろう。だとしても、何でもできるにもほどがある。

なぜ俺には、それらを教えてくれなかったのだろうか。剣しか取り柄がないことの悲しさを、しょっちゅうかみしめている俺としては、師匠を恨まずにいられなかった。

「サンスイよ……そうひがむな！　お前には宝貝ではなく、ちゃんと術を教えてやろう！」

今の俺は新しく術を教えてもらえることが少し嬉しいのだが、それはそれとして五百年前だったら宝貝のほうを欲しがったのだろうと思い、心中複雑であった。

こんなことを言えるわけもないが、師匠に宝貝を作ってもらえた、俺の生徒達がとても羨ましい。

損得

王都のど真ん中にあるお屋敷で、ずっと練習をするわけにもいかない。

後日改めて練習をすることになった際には、いつものように学園前の青空教室である。

当たり前だが、トオン以外の人が着ると、師匠の作った武具は本当に素人細工である。それを着ている一団が、おっかなびっくりしつつ空に浮かんでいる。なんとも異常な光景だった。

考えてみれば、水泳の練習のようなものである。そう考えれば、滑稽だとかおかしいだとか、そんな捉え方をすること自体が良くないのかもしれない。

それに、である。ふと周りを見れば、学園の生徒達が大挙して見ている。というか、明らかに生徒でも教師でもない人まで交じっている。

おそらく噂か何かで誰でも飛べる道具というのを知って、実際に見物しに来たのだろう。

育ちのいい子供のおねだりも聞こえてくる。それを止めるお父さんも必死だ。

師匠へうかつに声をかけようものなら、後で国王様とかお兄様から、何を言われるかわかったものじゃない。

「ふむ、なかなか騒ぎになっておるな。しかしそれも今に始まったことではあるまいし、直に飽きるであろう。やましいことがあるわけでもなし、修行に集中しようではないか」

「そうですね……」

騒動の原因になっている師匠ご本人が、能天気なことを言う。

王都上空に森が浮かんでいることに比べれば、確かに些細なことであろう。俺は気を取り直すことにした。

「さて、お前に教える術であるが……まずは重身功《じゅうしんこう》からじゃな」

重身功。自分の体や、触れているものを重くする術であろう。軽身功の逆で、周囲の重さを自分に集める原理である。

「やってみろ」

「はい」

先日師匠が俺の前で使っているので、やり方は観察している。

そのやり方を反芻《はんすう》しながら、俺は術を使ってみた。初めてだが、意外と何とかなるものである。俺は術が成功し、自分の体が重くなることを感じていた。

「うむ、見事だ」

「……あの、師匠。もしかしてこれで俺は術を習得したという扱いになるのでしょうか」

「無論だ、さすがは我が弟子。一目でものにしたな」

おれは五百年で四つしか術を習っていないのに、今いきなり新しく術を一つ得ていた。

俺の五百年は一体なんだったのだろうか。

「お前が五百年かけて鍛えたのは、心の奥義。つまるところ観察力や理解力、想像力である。それが十分に備わっている以上、初歩と言える術を一目で盗むなど難しくあるまい」

理屈はわかる。

師匠の下で俺は、観察力や理解力、想像力や注意力を鍛えてきた。だから初めて会う相手にも戸惑うことなく、完璧に対応することができていた。

その観察力を持ってすれば、一度見ただけで術を真似できるようになるのは、ある意味当然であろう。

狂戦士であるランが一目で相手の体術を真似できるのと同じ理屈である。あいつと同じというのは正直嫌だが、実際そうなので仕方ない。

「今回のところは、簡単に覚えられる術しか見せん。お前自身理解していると思うが、仙術を多く学ぶということは、戦術の幅が広がるということ。より頭を使わねば、かえって単調に陥るぞ」

それは祭我を見て理解している。あいつもできることの幅は俺よりずっと多いが、だからこそ技や術の組み立てが単純になっていた。

戦いの幅の広がりの中で、自らの動きを狭くしては本末転倒であろう。

「申し訳ないが、儂もお前ばかり見ているわけにはいかん。いくつか術を見せてやるので、今日のところはそれの反復に努めるがよい」

「はい、ありがとうございます」

普段は俺が生徒に言っていることを、今は師匠が俺に言っている。正直感慨深いものもあった。

「さて……トオンよ」

「はいっ！」

俺の次に師匠が声をかけたのは、やはりトオンだった。

他の面々が空に飛ぶことで苦心する中、瞬身功と影降ろしを合わせた戦い方の練習をしていた。瞬身功は疲れるため、彼は汗まみれだった。

「楽しんでおるな、トオンよ」

「はい！」

「儂の宝貝を得て喜ぶのは嬉しいが、そう急ぐと嫁に呆れられるぞ」

「そ、それは……」

「ふふふ。先日我が兄弟子と戦った時に、周囲を見ることの重要さを学んだのではないか。汗をかくのはいいことだが、興じすぎるのは毒だぞ」

熱が入りすぎて、トオンは大分息が上がっている。それは悪いことではないが、良いことでもない。師匠はやんわりと、それを諫《いさ》めていた。

「申し訳ありません！」

「そう叫ぶな。修行は楽しいのが一番であろう。だが年頃の娘を蔑《ないがし》ろにすれば、愛想を尽かされてしまうかもしれんぞ」

「そ、それは……困りますな」

「それに楽しみすぎて、剣筋に乱れがあるぞ。せっかくの腕前が、儂の道具で乱れるのは心苦しい。瞬身帯を使う時と使わぬ時で、剣に差が出ぬよう気をつけることじゃな」

「ありがとうございます！」

トオンを注意しているようで、俺にも注意をしているようだった。

トオンがお嬢様に睨まれているのと同じで、俺もブロワやレインから睨まれているからな。帰った時に疲れすぎて、そのまま寝たらそれこそ大目玉であろう。

剣にだけ興じることができない、というのは幸福なことなのだろう。しかし新しいことを学ぶのは楽しいので、一人の男子としては悩みどころである。

しかし、つまらない悩みではなく、楽しい悩みどころでもあった。

×　×　×

さて、日没前に指導は終わる。

金丹《きんたん》を服用している関係で、俺も空腹を覚えている。

お嬢様のお屋敷で、俺も師匠もブロワもレインも、一緒にお食事というわけである。

「とまあそのように、ドゥーウェ殿のことを持ち出されてしまったよ。どうやら私が尻に敷かれていることは、既に見抜かれてしまっているらしい」

「あらあら、私がそんなに貴方を縛りつけていると思っているの？　それならば最初からずっとそばに置いているわ。心外ねえ、こんなにも貴方を尊重しているのに」

食事の場でも、お嬢様の独壇場だった。トオンが隙を見せると、容赦なく切り込んでいく。

トオン自身があえてそう振る舞っているふうでもあるが、一緒にいて疲れないのか疑問だった。

「おや、常に傍に置いていただけるのですか？　それは嬉しい」

「とはいっても、ソペードに入る男が寝てばかりでは外聞も悪いわねえ。私の前でずっと稽古をする、という形になるのかしら」

お嬢様は、ご機嫌なようで不機嫌なようでもある。

トオンは、弱っているようで、楽しそうでもある。

「私は遠慮できる女だけど、目の前で無様を晒《さら》すところを見てばかりだと、愛想を尽かしてしまうかもしれないわね」

「それは恐ろしい」

「そうなったら、どうなるのかしら。貴方の妹だけがサイガを連れて、故郷に帰るのかしら。

その場合、貴方のことを聞かれたらなんて答えるのかしらねえ」

大変失礼だが、お嬢様のどこがいいのだろうか。この話を聞いていると、トオンが何か弱みを握られているかのようですらある。

このままの調子で故郷に帰ったら、背中から刺されるか正面から斬られそうである。

「して、ドゥーウェよ。出発はいつ頃になるかの」

そんなお嬢様へ、師匠は質問をする。もちろん、食事をしながら。

しかし師匠が物を食っていると、違和感がはなはだしい。普通にテーブルマナーもしっかりしているので、とても驚きである。

俺が物を食っているところも、こうやって見られているのだろうか。

「一週間後になります。それから一年ほどかけて往復する予定ですわ」

「ふむ……そうか。ではそれまでには、あちらのほうにも指導をしておかねばな」

「あちら？」

「ランとやらだ」

俺と師匠の大きな意識の違いとして、ランに対する考え方がある。

俺は彼女をあまりよく思っていないが、師匠にとっては壊滅させてしまった里の子孫である。

昔は殺したことを後悔していなかったが、今はかなり後悔しているようだ。

「何やらサンスイとはいろいろとあったようだが、儂にとってはフウケイと同じように、悪いことをした相手である。後回しにしてしまったが、ランにもいろいろとしてやりたい」

「それは……バトラブと相談していただければ」

「うむ、勝手に動く気はないとも。だができれば、稽古をつけてやりたい」

断りたくなる理由はない。ちゃんと筋を通せば、きっと受け入れてもらえるだろう。

「そのあとは、そうだな……サンスイ達を見送り次第、一度暇をもらってテンペラの里に行こうと思っている」

師匠は当分アルカナ王国に助力するつもりのようだが、テンペラの里にも謝罪をしたいと思っているらしい。

それを止める理由は俺にないが、しかし相手は嫌がるのではないだろうか。

「……そうですか」

お嬢様も返答に困っている。というか、俺以外の全員も同じように困っている。

多分、同じように考えているのだろう。

なんでも彼らは、予知能力に加えて過去を見る能力も持っているらしい。

それによって、二千年近くたった今でも、師匠が暴れていた時のことを見ることができるらしいのだ。

大暴れしている時の師匠を知っているお人からすれば、師匠がどれだけへりくだっていても、近づかれるだけで迷惑に思うだろう。

「なに、儂もお前達の言いたいことはわかる。儂自身、森に身を潜めていたのは同じ理屈だ。どうせ故郷に帰っても、嫌がられるだけだとな」

とはいえ、師匠もそれはわかっている。なにせ千五百年もの間、故郷から遠く離れた場所で籠り、己を封じていたのだから。

「だがフウケイは現れた、儂への憎悪を募らせてな。思わずにはいられんのだ、サンスイが儂の元に来た時、もしも故郷に一度戻っておれば……少なくとも、あのような結果にはならなかったはずじゃとな」

五百年前に一度、故郷に戻る。それを師匠が選んでいれば、フウケイという人とも殺し合わずに済んだかもしれない。

それを師匠が悔いる気持ちも、わからないでもない。

「ランは一度故郷へ頭を下げに行ったそうだな。それは拒絶されたそうだが、必要なことであった。儂はそれを見習わねばならぬ」

もしかしたら嫌がられるかもしれないが、それでも挨拶に行く。お詫びをしに行く。

謝る側が謝られる側の気持ちを、勝手に決めてはいけない。なるほど、その通りかもしれない。

「ふっ……サンスイ。儂を案ずるよりも、まず己を案ずるべきではないか」

含み笑いをして、俺に苦言を向ける師匠。

「これより一年、お前は国元を離れねばならぬ。無論務めゆえに仕方ないことではあるが、その間せっかく想いを伝え合った娘を残すことになる」

師匠はわざとらしく笑い出した。

「これより一年、どうか俺を待ってくれ、と縋《すが》っておかねば、帰ってきた時には……ということもあろう」

今のうちにイチャイチャしておけ、という意味であろう。

まさか師匠からそんなことを言われるとは思っていなかった。さすがにびっくりである。

「こんな未来のない老いぼれのことよりも、若く美しい娘が、自分の元から去るまいか、と心配するべきではないのか」

からかわれているとは思うのだが、確かにその通りだった。

ふと隣を見れば、嬉しそうに笑うレインと、顔を赤くしているブロワがいる。

「そ、その通りだぞ、サンスイ！　この一週間、お前が私に優しくしなかったら、私は実家に帰って、別の男とくっつくかもしれないからな！」

「え、そうなの？」

レインはブロワの言葉を真剣に受け止め、聞き返していた。

「れ、レイン……これは、もっと私にかまえ、という主張なんだ」

「そ、そっか！　わかった！　パパ、ブロワお姉ちゃんを構わないと、私も実家に帰るからね！」

レインの実家ってどこなんだろう、ドミノ共和国かな。

主題から離れたことだとは思うのだが、思わずそんなことを考えてしまった。

いかんいかん。子供じゃないんだから、言葉をそのまま受け止めてはいけない。

「そ、そうか……それは悲しいな……よし、ブロワ。今日は一緒に長く話し合おうじゃないか」

「……そ、そうだな！」

結婚することになっている二人が、夜に話し合う。それを聞いて、ブロワも察したらしい。

「あらあら、サンスイもブロワも、ようやく人並みね……」

それを見て、お嬢様が笑っている。相当性格の悪い笑みだ。

×　×　×

さて、閨《ねや》の時間である。俺とブロワは、灯りのない部屋で並んで寝ている。

挨拶を済ませ肉体的な問題も解決し、もはや何の障害もない。しかし毎度のことではあるのだが、浮ついていない話のほうがするする進んでいた。

「正直に言うが……お前の師匠は、意外と冗談のわかる人だな」

「そうなんだよな……」

俺は面白くも愉快でもない人間だ。それはブロワも同じで、他人を喜ばせる能力がない。そんな俺達を護衛にしていたお嬢様は、それを不満に思っていた。

しかし師匠は、剣士としての腕前だけではなく、冗談も言える男だったのである。それも、お嬢様が喜ぶような。

「まあ、それにだ……私のことにも気を使ってもらって、正直嬉しかったよ」

「そうだな……師匠もこの前俺に怪我をさせたことを、結構後悔していたし……」

俺が額から血を流しただけで、誰も彼も大騒ぎだった。それを反省したのか、師匠はあれから俺に怪我をさせないようにしている。

「師匠は……いろいろなことに感謝しているんだと思う。俺がアルカナ王国で立派にやっていることを、本気で喜んでいるんだよ。だから配慮してくれているんだ」

アルカナ王国の偉い人達が、師匠を怖がっていることを、師匠自身わかっていると思う。その上で、どの程度までならいいのか、探っているんだろう。

「師匠がテンペラの里に行っても、みんな困るだろうけど……できるなら、師匠にとって救いのある結果になってほしい」

「そうだな……」

ブロワが、俺の手を握ってきた。

「……」

「……」

俺も、握り返す。

「……」

こういう時、俺達は本当に不器用だ。だが幸いにして、俺はこの時、何を言えばいいのかもう知っている。

「ブロワ、俺はお嬢様と一緒にマジャンへ行く。だから……一年は戻れない」

「うん」

「寂しい思いをさせるけども……一年待ってくれないか？」

ここの会話まで師匠の掌の上だとは考えたくないが、確かに言わないといけないことだった。

「言葉ではなく、行動で証明してくれ……そうでないと……他の男のところに逃げてしまうぞ」

「そうか……それは嫌だな」

俺とブロワは、不器用なりにどうすればいいのか知っていた。

×　×　×

翌日のことである。

祭我やランが修行に来たのだが、いないはずの人間が四人もいた。

「ど、どうも……テンペラの里からの使者です……」

四器拳、ヤビア。爆毒拳、スジ。酒曲拳、カズノ。霧影拳、コノコ。

以前ランの仲間だった四人の拳法家が、非常に恐縮した様子で挨拶しに来ていた。

今はテンペラの里で修行しなおしているということだったのだが、なぜ戻ってきたのだろうか。

「先日、亀甲拳《きっこうけん》の長老は、貴方様が里まで挨拶に来るという予知夢を見たそうでして」

彼女達はおびえながら、師匠に事情を説明していた。

「……それを止めるために、私達が参りました。その……失礼かもしれませんが、どうか里に来ないでいただけませんか」

多分その予知夢では、とても怖い思いをしたのだろう。だから止めるために彼女達をよこしたのだろうが、もうすでに一度怖い思いをしている時点で相当損をしている。

「ぬ……そうか、わかった」

さすがの師匠も、予知能力者によって『来ないでください』と事前に連絡されるとは思っていなかったらしい。

ただ短く了承を伝えることしかできなかった。

「そうか……そんなに嫌か」

傷つく師匠だが、さすがに怒ることはないのであった。

同行

さて、現状である。

本来ならもっと長く修行してから戻ってくるはずの四人は、師匠をテンペラの里に来させないために戻ってきていた。

彼女達はスイボク師匠に委縮している。俺の師匠だということもあるだろうし、先日の雲を晴らした男だということもある。

亀甲拳の長が怯《おび》えていたということも含めて、さぞ怖いに違いない。

「そ、それでお前達、この後どうするつもりだ？」

話を仕切り直そうとして、ランが四人に尋ねた。

前回と違って、勝手に出てきたわけではない。このまま帰ることもできるはずだ。

「えっと……長はすぐ戻ってきてもいいし、しばらくいてもいいって言ってたけど……」

どうやら彼女達四人も、この後の予定は決まっていないらしい。

「ただ、私達は一人前を名乗れるほど強くないからさ……また戻って修行しようと思ってたんだけど……」

「ラン、何かあるの？」

「ああ。実はスナエの故郷に行くことになってな……できればお前達とも一緒に行きたかったんだが……」

スナエの故郷、という言葉に四人は惹かれていた。

なにせアルカナ王国からも、はるかに遠い異国の地である。行ってみたい、と思うのも無理はない。

しかしその一方で、恥も知っているようだった。

「……正直行ってみたいけど、今の私達だと物珍しさしかないよ」

「うん。この間エッケザックスにこき下ろされたのと、同じになっちゃう」

四人とも、以前の経験を思い出しているらしい。不十分な技を自信満々で見せても、失笑を買うだけだと知っているのだ。

その気持ちはよくわかるし、正しい気構えである。道中で鍛えるとしても、王女の側仕えに足る技には至るまい。

「ふむ……」

その一方で、師匠は思うところがあるようだった。

「お前達、別に行きたくないわけではないのだろう」

「それは、まあ……でも、今の私達だと……」

「腕前が足りぬことを恥じる気持ちはわかる。しかし、行きたいのであれば手を貸そう」

空から、何か包みが降ってきた。というか、空に浮かんでいる師匠の森から、包みが下りてきたのだ。

「お前達拳法家のために作った宝貝じゃ。元はテンペラの里に渡すつもりであったが、お主達が受け取って悪いということもあるまい」

その包みの中から出てきたのは、やはり宝貝だった。しかも、俺の生徒達に配っていたものとは違う。

師匠は何種類の宝貝を作れるのだろう。というか、いつ作ったんだろう。そんなに短時間で出来上がるものなのか。

「ちと背伸びしたくなる気持ちも儂はわかる。異国の地を踏む経験など、そうそうできるものではない。道中で練習をすれば、十分見せられるものになるであろう」

師匠は俺以外に甘い……。

俺にはいきなり最高難易度の究極奥義を教えようとしたのに、他の人にはお手軽簡単な道具を安易に配りまくるんだろう……。

いや、もちろん師匠なりに工夫とか考えがあったんだろうし、俺も最強になりたいって話で弟子入りしたわけなんだけども。

「その……この道具を使えば、サンスイと同じ仙術が少し使えるようになるんですよね？　いいんですか？」

「なに、気にするな。儂がテンペラの里にやったことと比べれば、償いにもならぬよ。出立までの一週間で、儂がしっかりと面倒を見てやろう。あとはお前達の工夫次第じゃ、精進するんじゃぞ」

「はい！」

嬉しそうな彼女達を見て、ランも嬉しそうだ。でも俺は悲しい。

とまあこのようにして、新しい同行者が増えて……あっという間に一週間が経過した。

×　×　×

今回の旅は、一種の外交である。

アルカナ王国とマジャン王国という、まったく接点のなかった国同士が、初めて交流する機会である。

王子と王女を婿入り嫁入りさせるのだから、礼を尽くさなければならない。

よって、大名行列めいた、大量の荷物と人員による大移動となっている。もちろん護衛の兵士も大量にいるので、遠征するようなものだ。

その代表を務めるのは、お父様である。ソペード家の前当主でまだ現役で働ける上に、お嬢様の御父上であることや、マジャンの気風に反さない武人であることが大きいだろう。

バトラブ家や王家からは主立ったものが出ないので、実質的にアルカナ王国の代表というわけだ。

「では、よろしく頼んだぞ」

出発の当日、国王陛下はお父様へ改めてお願いをしていた。

場合によっては、遠い異国の地で『アルカナ王国とかいう礼儀知らずがいた』と思われることになってしまう。

「お任せください、陛下」

これればかりは、俺には不可能なことである。お父様に頑張っていただくほかない。

「私からも……どうか、婿殿と娘をお願いします」

「任せておけ」

同行できないバトラブ家の当主からも、一礼があった。

祭我とスナエ、ランとテンペラの里の四人だけではなく、やはりハピネとツガーも一緒なのである。男女の偏りが著しい。

「エッケザックス。俺は一緒に行けないからな……皆のことを頼んだぞ」

「うむ、任せておけ！」

祭我の剣であるエッケザックスに対して、師匠はお願いをしていた。

彼女と話す時、師匠は若いしゃべり方なので違和感がある。しかし若い頃一緒だったのだから、そうなってしまうのかもしれない。

「父上、留守はお任せください」

「何を言う、とっくに任せているだろう」

「ふっ……そうでした」

当主の役割を果たすお兄様は、逆にお父様から任される立場だった。

しかし既に代替わりをして長いので、離れてもまったく不安はないらしい。

「国王陛下……バトラブ様、ソペード様。改めまして、私共のためにこのような使節団を作ってくださり、感謝の言葉がありません。きっと故郷の父も、遠い異国の地にアルカナという大国があることを認めてくださるでしょう」

トオンの感謝に、脇にいるスナエも無言で続いていた。

やはり費用が発生しているだろうが、それだけ真剣に二人を迎えているという証でもある。その誠意に、トオンとスナエは礼を尽くしていた。

「そっちは任せたぜ」

「おう……お前達も頑張れよ」

ふと離れたところを見れば、トオンと一緒にお嬢様を護衛する側と、この地に残って仕官することにした側に分かれた、俺の生徒達が挨拶をしている。

おそらく、全員が集まるのはこれが最後になるだろう。そういう意味でも、全員が感慨深いはずだ。

そうした多くの挨拶を見ていると、俺はいよいよ旅が始まるのだと実感する。

一日で行って帰ってこれるような旅ではなく、今会っている人と長い間会えなくなる旅だ。

それは長い時間生きてきた俺にとっても、久しぶりの感覚である。

一年の旅、遠い異国への旅。それはきっと、この世界では本当に大ごとなのだろう。

「さ、サンスイ……」

「パパ……」

浸っていると、声をかけられた。そこにはブロワとレインがいる。

二人ともおめかしをしていて、二人とも泣きそうになっている。

そうだった、二人と長く別れるのもこれが初めてなのだ。

「ブロワ、レイン」

五百年生きている俺は、改めて思う。一年は、とても長いのだと。

「二人とも、待っていてくれるか？」

俺は不器用なりに、二人を抱きしめた。

きっと伝わるものがあると信じて。

「……ま、待ってるからな……！　お、お前も、旅の途中で、私のことを忘れないでくれよ！」

言われて気付いた。確かに俺がいない間、ブロワの心が動くことはあり得るだろう。だがブロワと俺が離れている間、俺の心が動くことだってあり得るのだ。

「……大丈夫だ、忘れないよ」

俺はきつく、痛いぐらい抱きしめる。

「俺のことを好きになってくれるのは、お前ぐらいだ」

「そ、そうだな！」

「そうだね！」

そこは否定してほしかった。

「ブロワお姉様、そこは『そんなことないぞ、お前はいい男だから心配だ』って言ってあげるところよ」

俺の心中を察したことを言ってくれたのは、ブロワ達の後ろで待っていたライヤちゃんである。もちろん彼女だけではなく、シェットお姉さんとヒータお兄さんもいる。

俺もお嬢様もいない状況では、ブロワもレインも王都に残る理由がないので、俺達が旅立ったら三人と一緒に領地へ戻るらしい。

「ライヤ、男女のことに首を突っ込むものじゃないぞ」

「それもそうね……私としたことが、弁《わきま》えていなかったわ、節度を」

「お前な……」

男女のことに首を突っ込んだことを注意するヒータお兄さんだが、ライヤちゃんに逆にやり込められていた。

見ている分には面白い兄弟である。

「サンスイさん。ブロワは貴方が帰ってくるまで、一旦実家でお預かりします。ちゃんと迎えに来てくださいね」

シェットお姉さんは、初めて会った時と違ってものすごく笑っている。

しかしその笑みには、明確に圧力があった。

「それで、よろしければなんですが」

「はい」

「ここだけの話……貴方のお師匠様に、私へ蟠桃《ばんとう》を定期的に送ってくださるようにお願いできませんか」

ものすごく図々しいことを頼まれてしまった。

とまあ、そんな具合で、俺達の旅は始まったのである。

第二章

強者の王国

勝者

かくて、俺達の旅は始まった。

普通なら山賊に襲われるとか、道中で危ない道を通るとか、そんなハラハラドキドキの大冒険があると思うだろう。

しかし考えてみてほしいのだが、大きな馬車が列をなしている大移動である。しかも本職の兵士達が、完全武装して警備しているのである。

まともな山賊なら絶対に襲わない。その上通れる道も限られているので、遠回りにはなるが安全で勾配が少ない道になる。

しかも旅の始まりでは、アルカナ王国近隣である。アルカナ王国はかなり大きい国なので、当然どこの国も失礼のない対応をしていた。

言っては何だが、移動中にお嬢様が楽しめるような出来事は、一つしかなかった。

「どうも初めまして、私がマジャン＝トオンです」

「きゃ〜〜！」

各国を通る際に「はい通りますよ」とはいかない。アルカナ王国と国交があるからこそ、ちゃんと各地の王族や有力者と挨拶をしないといけない。

もちろん俺は大して挨拶などしなくていいのだが、肝心のトオンは舞踏会でえらいことになっている。


「あ、あの、トオン様は、どこの国の王子なのですか？」

「マジャン王国という、ここより南の国です」

「まあ～～！　南の国！　ぜひ行ってみたいです！」


トオンは男から見ても非の打ちどころのない、完璧な男である。

育ちが良くて、強くて、勇敢で、気品があって、頭が良くて、礼儀正しくて、女性に敬意を示す。そうした内面がいい上で、顔が良くて、背が高くて、手足が長いのだ。

肌の色が少し違ったり顔立ちに少し変わったところもあるが、それはそれで外国の王子様としての味がある。

もちろん俺や祭我も外国人なのだが、まったく声がかからない。それに対して、誰も違和感を覚えない。


「是非いらしてください。マジャン王国は、私の自慢の故郷ですので」

「で、では、私も同じ旅に……」

「申し訳ありません、そんなことをすれば婚約者に嫌われてしまいますので……どうかご容赦ください」

「そんな……！」

もちろん、アルカナ王国の貴族と外国の王族が結婚する、という話は誰もが知っている。

にもかかわらずトオンを前にすると、多くの女性が我を忘れる。

年若い方だけではなく、大きいお子さんがいそうな女性さえも『トオンが結婚する』ということを本人から聞いて、今初めて知ったかのようにハンカチを噛みながら泣いていた。

「……すげえ」

トオンの周囲に女性が集まって、全員泣いている。祭我が感嘆するが、しかしおかしいとは思わない。

なにせ俺達男からしても、トオンは『そりゃあモテるわ』という男の鑑《かがみ》だ。

だからトオンの部下になるという形で、お嬢様の護衛を引き受ける生徒が一定数いたわけだし。

「うふふふ……」

そして、勝者であるお嬢様は、ひたすら笑っていた。

トオンに大切そうに抱きしめられながら、周囲の女性を見下して悦に入っている。

もはや言葉は不要という境地に達しておられるお嬢様は、人生の勝利者だった。

「きぃいいいい！　トオン様、あの女のどこがいいのよ〜〜！」

お嬢様はソペード家の令嬢なのだが、それを忘れて大声を出す人までいた。

お嬢様が何を言う必要もない。

トオンがお嬢様に愛を向けているだけで、勝手に周りが自滅していく。すごいな、これが真の勝者か。

「そ、その……トオン様は、其《そ》の方のどこがよろしいのですか？　その……何か弱みだとかを握られているとか……」

「ええ、惚れた弱み、という急所を握られています」

ものすごく失礼なことに対しても、ものすごく華麗に答える男の中の男。

彼が笑いながら答えるだけで、周囲の女性達は震えている。

「で、では、その女性のどこがよろしいのですか？」

「こういう時、何もかもがいい、と私は答えるのですが……それを言うと彼女は『手抜きね』とへそを曲げてしまうのです。一度彼女を不機嫌にさせると、なかなか許してはもらえないのですが、そういうところも好ましい」

惚気《のろけ》をしつつ、するすると語る。それはその場で考えたものではなく、ずっと心の中にあるものだとわかってしまう。

「強いて一つ挙げるのなら、それは私のことを理解してくれていることですね」

周囲の女性達は、本当にくらくらしている。

想像しうる限り最高の男性に巡り合ったことに感動しつつ、それが既に結婚することになっていることを嘆いているのだ。

こんないい男がお嬢様に惚れ込んでいるのだから、世界は本当にお嬢様のために回っていると思う。

「このままだと、ドゥーウェが暗殺されそうね……」

この場でトオンに反応していない女性の一人であるハピネは、女性達の暴走ぶりを見て未来を予見していた。

お嬢様を案じているわけではなく、ただの所感である。

「すごいです……私だったら絶対耐えられません……」

なおツガーは、自分に向けられていないとはいえ、女性達の放つ圧力に怯えていた。

以前にシェットお姉さんから若さを嫉妬された時のことを思い出す。

あの時もものすごく怖かったが、シェットお姉さん一人だけだった。だがお嬢様は、数十人から囲まれている。

なぜ耐えられるんだ、お嬢様。

「言っておくが、故郷に近づけば近づくほど、もっと酷いことになるぞ。本当に殺し合いに発展しかねないからな」

トオンの妹であるスナエは、お嬢様同様に誇らしげだ。

彼女は自慢そうだが、俺達としては今から心配になってしまう。

×　×　×

とまあ、行く先々で、トオンとお嬢様は旋風を巻き起こしていた。

外国の格好いい王子と貴族の令嬢が結婚すると聞いて、誰もが興味津々で顔を見に来て、そこにトオンがいる。

それはもう大騒ぎだった。誰もスナエと祭我の結婚なんて、気にしてもいなかった。

祭我とスナエが劣っているというわけではなく、単にトオンが規格外というだけだ。

そして……。いよいよアルカナ王国と国交のある地帯を抜けて、マジャン王国と国交のある地帯に近づきつつあった。

数カ月の馬車の旅で道中の街の雰囲気や気候なども変わっていき、スナエやトオンと同じ格好をしている人達を見るようになった。

多くの国を通って、ようやくトオンと面識のある、マジャンと国境を接する国にたどり着いたのだった。

「ふふふ……ドンジラ王国にたどり着くとはな。我が祖国ももうすぐか」

「はい、懐かしいですね兄上」

国を離れていた隣国の王子が、大量の宝物と共に帰国しようと我が国を通ろうとしている。

その報《しら》せを聞いてドンジラの国王は謁見《えっけん》を希望し、こっちは強く断る理由もないので王都へ向かうことになった。

その道中、トオン王子が馬車の列のどこかにいる、という噂だけで凱旋《がいせん》パレードのような騒ぎになっていた。

隣国でもこれなのだから、祖国ではどれだけ人気者なのか、考えるのも恐ろしい。

「すごい声援だな……殆ど全員、女性の声だぞ。まるでアイドルだな」

祭我はドン引きしていた。というか、周囲からの半端ではない圧力に恐怖していた。

今は一応、一番大きい馬車に主要人物のほぼ全員が乗り込んでいるのだが、この歓迎ぶりに委縮してしまうものが多い。

というか、ツガーは改めてびくびくしていた。そりゃあ彼女にとっては特に辛いはずである。

「うふふふ……サンスイ、この声のすべてがトオンを呼んでいるのよね？」

「はい、どの声もトオン様への憧憬で満ちています」

「そう……そんなすごい男を、私は独り占めできるのね……！」

お嬢様はこの状況でも『周囲の女性への優越感』しか感じていなかった。

神経が太い、ということだろう。王族と結婚するのだから、これぐらい肝が据わっていないと駄目なのかもしれない。

「うふふ、どれだけ庶民が騒いでも、この男は私のものなのよ……！」

ここまで来ると感心するしかないな、性格の悪い女もここに極まれりである。

「あの、兄上……本当にあの女でよいのですか？」

「無論だ、ああいうところが気に入っている。それに私もアルカナ王国で過ごす時は、ソペード本家に取り入った外国人、ということで羨望の目を集めていたのだぞ。言葉にすることこそなかったが、私も優越感を禁じ得なかった。お似合いということだ」

トオンはそんなお嬢様へ失望することなく、心配する妹へ返答していた。

「サンスイ、貴方顔色が悪いけど、何を感知したの？」

「その……」

上機嫌なお嬢様からの鋭い指摘。そう、俺はとても気分が悪かった。

これから向かう王宮から攻撃的な気配を感じる。女の情念、というべきものだろうか。

「ドンジラ王国の宮殿から、失恋の気配が漂っていまして……おそらく、トオン様の婚約を聞いて陰鬱な気分になっている女性が多いのかと……」

案の定お嬢様は喜んでいた。俺が直接言わなかった、殺したいほどの憎しみも察した上で喜んでいるのだろう。

「兄上を慕う近隣の王女は多かった。もちろん本気ではない、遊びの者も多かったが……ドンジラには兄上に対して本気で慕う王女もいらっしゃった」

「縁がなかった、それだけだ。それにこの国でも、王気を宿さぬ者に王族へ入る資格はない。どのみち成就することのない恋だった。私に出会いがあったように、彼女にも良い出会いがあることだろう」

仕方がない、と諦めの姿勢を隠さないトオン。

やっぱりちゃんと女性を断れるのも、この男のイケメンたる所以《ゆえん》だった。

×　×　×

ドンジラ王国は、インドと中東を足したような雰囲気の国だった。宮殿も大体そんな感じである。

もちろん俺も祭我も、インドも中東のこともよく知らないし、俺に至っては完全にうろ覚えだった。なにせ五百年前の知識である、とっくに擦り切れている。こんな雰囲気だったよね、という程度だった。

そして憶えていたとしても、ドンジラと直接関係はないので意味がなかった。

初めて来た国なのだから、飾らずにそのまま反応することにしよう。

「よくぞ我が国へ立ち寄ってくれたな、トオン王子よ」

「この度は我らの入国を許していただき、誠にありがとうございます。偉大なるドンジラの国王よ」

「何を言う。マジャンは古くから我が国と親交があり、昔はトオン王子もよく訪れていたでははないか。その友情が失われることはあるまい」

ドンジラの宮殿は、神降ろしを前提としているのかとても広くて、天井も高い。その分一階建てで、豪華ではあるが少し簡単だなと思ってしまう。

玉座も椅子があるのではなく、厚めの板を重ねた台に豪華な座布団をのせたものだった。そこに国王は胡坐《あぐら》で座っていた。

年齢を重ねているからかやや肥満気味だったが、贅肉の下にはきっちりと筋肉が備わっている。

全盛期は過ぎ去っているだろうが、今でもスナエを軽くあしらう実力を維持しているだろう。

「アルカナなる国からの使節団も、遠くからよくいらした。知らぬ国だからといって、礼を失するほど我が国は野蛮ではないぞ」

「寛大なお心に感謝を。故郷に帰った際には、必ずやこの国のことを伝えましょう」

使節団の代表として、お父様も挨拶をする。ドンジラの国王は、お父様に対しても好意的だった。

お父様は最強ではないかもしれないが、場数を踏んだ軍人である。その辺りのことを、あっさりと見抜いていたのだろう。

強い男に、強い男は敬意を払う。それはこの周辺では共通認識のようだった。

なお、俺と祭我はあまり相手にされていなかった。仕方ない、どっちも弱そうだし。

「……さて、聞いたところによると、だ。トオン王子よ、お主は異国の貴人と婚約し、その挨拶として国へ向かっているそうな？」

「はい、さようでございます。こちらのドゥーウェ・ソペード殿と、結婚の約束を。その許しをいただくために、こうして恥を忍んで帰国を」

「そうであるか……では、結婚が許されれば祖国で再び王の子として職務に就くのかな？」

「いいえ。許されるのであれば、アルカナ王国に骨を埋《うず》めようかと」

ドンジラ国王、とっても困っていらっしゃる。表情には感情が出ていないが、言葉に詰まっている。

女性のすすり泣く声が、宮殿の複数箇所から聞こえてきた。仙人の感覚ではなく、常人でも聞こえる音である。

お嬢様が、笑いをこらえていらっしゃる。優越感を隠しきれずにいる。

まあ下品なことはしないだろうが、ものすごく意地の悪い笑顔だった。

こういうところがいいという男がいて、それが百点満点の色男なのだから、世の中わからんもんである。

「……そうか、寂しくなるな」

「ええ、その分も含めて孝行をしようかと。今まで父王には好き勝手にさせていただきましたから、きっちりとけじめを……」

それを察していても、鈍感主人公ではなくあえて無視して話を進めるトオン。

ここで余計なことを言ってもドツボだし、そもそも王と話をしているのにこの場に出ていない女性達へ気遣いをするのは間違っている。

「そうであるか……では、名残惜しいが早めに国へ戻ることを勧めるぞ」

「……我が祖国で何か問題でも？」

「あくまでも噂であり、公ではないが……マジャンの国王が病に伏せったという話がある」

「なんと!?」

「如何《いか》なる強者も、老いと病には勝てぬ。今日のところはこの宮殿で休んだほうがよかろうが、早めに帰国することじゃ」

これは、嘘ではないだろう。仙人ではないのだから、王様でも病気になるだろう。長く治っていないのなら、悪い病気なのかもしれない。

幸い結婚挨拶の品の中に、蟠桃《ばんとう》と人参果《にんじんか》がある。それを食べれば、大抵の病気はよくなるだろう。

食べ過ぎると死ぬ果物を病人に勧めたくはないので、あくまでも最後の手段だろうが。

×　×　×

「父上が病気、か」

「まだ若いと思っていましたが……」

「若くとも病気は平等だ。これればかりはな」

一晩だけ泊まることになったドンジラの王宮で、客室を与えられた俺達。

スナエとトオンは、父親が病に伏せっているかもしれない、という話を聞いて心配していた。

場合によってはものすごく悪い病気かもしれないので、故郷を離れていた二人はさぞ心配で心苦しいだろう。

「トオン、俺か山水が大急ぎで蟠桃を持って行こうか?」

「弟よ、父王が病だったとしても、いきなり現れた男の差し出す果物を受け取ったりはしないぞ」

祭我の言葉にも、誠実に答えるトオン。

普通に考えて、いきなり現れた男が『万病に効く薬です』と言って差し出した果物を、病人が食べるわけがない。医者にかかれない人ならともかく、王様ならばそうするだろう。

「それじゃあスナエかトオンだけでも大急ぎで戻るとか……」

「それはそれで問題がある。知っての通り、今回は大勢を連れての帰国だ。私とスナエが揃っていないと、マジャンは入国を許さないだろう。それに、私であれスナエであれ、外国に出ていた王族が大急ぎで王宮に戻れば、国民に要らぬ心配をさせかねない」

今すぐ飛び出したい。トオンはそんな気持ちではあるようだが、常識的に考えた結果却下となった。

その判断をスナエは無言で肯定している。

あくまでも隣国の王が聞いている程度の噂でしかない。その臆測で国を乱すわけにはいかないだろう。

「薄情に聞こえるかもしれないが、私やスナエが下手に動けば国が乱れる。そうなれば、死人が大量に出る。私にとってもスナエにとっても、王は無二の父だ。しかし、国が乱れれば多くの男達、女達が傷つき倒れる。今外国にいる私達が軽々しく行動し、不安をあおってはいけないのだ」

「その通りだ、バトラブの婿よ。第一、あくまでも噂は噂だぞ。無論、攻め込まれているという情報があるのなら緊急を要するが、『王一人』が病に伏せったという話ぐらいで国が乱れてはかなわん」

お父様は相変わらず残酷なことを言う。しかし、それをトオンは無言で頷いていた。

残酷なことを言うが、真理でもある。情報が正しいとも限らないし、正しかったとしても派手な行動はできないのだ。

「仮に、今動かなかった結果父が手遅れになったとしても、それは君のせいではない。強いて言えば、我が国の医療技術が、王の命を救えないほど遅れているというだけだ」

俺達にしてみれば非常に今更ではあるのだが、いわゆる回復魔法である法術は、使い手が少ないはずの希少魔法だ。アルカナ王国で一般に普及しているのは、カプト家という法術の血統を抱えているからであり、世界的にも医療先進国なのだ。

俺の師匠が蟠桃や人参果を作っているのでありがたみがなかったが、他の国の『医療』よりも、圧倒的に優れているのである。

「それにだ……そもそも蟠桃も人参果も、どちらも過ぎれば毒となるのであろう？　その点はどうなのだ、エッケザックスよ。我が父が実際に病に倒れているとして、どちらを処方すればいいのかわかるか？」

「病気の種類にもよる、が一番手っ取り早いのは小出しにすることだ。蟠桃を細かく刻んで少しずつ食わせれば、良くなっても悪くなっても対処できるからな。蟠桃を食って悪化するようなら、人参果を少しずつ食わせればいい。それで問題解決だ」

なんか素人っぽい方法であるが、実際素人なので仕方がない。

よく考えたら、ちゃんとした用法要領を師匠に聞いておくべきだった。

「む」

そんな話をしていると、部屋の外に気配が集まりつつあった。強烈に濃い濃度の、殺気を感じてしまう。

その一方で殴り込みをかけよう、という雰囲気でもなかった。

「失礼します」

ノックの後に、数人の女性を従えた女性が入ってきた。

当然だがスナエやトオンと同じ肌の色をしている、美しくも筋肉質な女性である。

自分だけではなく、従えている女性達も王気を宿している。間違いなくこの国の王女とその側近であろう。

「お久しぶりです、トオン様」

「おお、ガヨウ殿。お久しぶりです」

やはり知り合いであるらしく、トオンは応対を始めた。俺達は客であり、置いてもらっている立場。城の主に礼を尽くすのは当たり前である。

「トオンよ、こちらの麗しくも凛々しい女性を、私に紹介してくれないか」

お父様は、言葉を選びつつその女性を褒めた。

この周辺では、女性も強いことが価値になっている。もしも可愛らしいとか、そういう弱そうな褒め方をすればかえって怒らせてしまう。

「はい、御父上。こちらはドンジラ＝ガヨウ。このドンジラ王国の王女様です。ガヨウ殿、こちらは、私の義父になるお方だ」

そしてその一方で、その女性もお父様を見た。年齢もあるので多少衰えているが、鍛えている体だと服の上からでもわかるだろう。

「どうも初めまして、遠き国の貴人よ。長い旅でお疲れでしょう、どうかこのドンジラでおくつろぎください」

「恐縮ですな。恥ずかしながら、老骨には堪《こた》える旅でした」

謙遜をするが、全部嘘でもない。確かに長い旅で、かなり疲れていらっしゃるだろう。

「戦場で無理をしていた時代が懐かしい。こうして休み休みでなければ旅ができぬとは、歳には勝てませぬな」

「ご冗談を。まだ剣を振っていらっしゃると見ました」

談笑する程度には、ガヨウというお人もお父様へ敬意を払っていた。

その一方で、お嬢様には露骨に敵対的である。

「トオン様。よろしければ、貴方とご結婚なさる方がどなたなのか、私に教えていただけませんか？」

びっくりするほど攻撃的な話し方だった。

つまり『え、貴女がトオンの奥さん？　気付かなかったわ〜〜』というやつである。

その一言目の時点で、俺達は胃がキリキリと痛んだ。

「あらあら、トオン……お父様と結婚するわけじゃないのだから、まず私を紹介してくださらないと」

その一方で、お嬢様も負けていない。『私がトオンと結婚するの。羨ましいでしょう？』という話し方である。

もちろん相手にも通じていて、ものすごく顔を引きつらせていた。

なお、俺達の顔も引きつっている。ツガーなんて、今にも泣きそうだった。

「すまない、ドゥーウェ。決して君を蔑《ないがし》ろにしていたわけではないよ」

その二人に板挟みのトオンだが、相変わらずの余裕ぶりである。その豪胆さには、一種の神々しささえあった。

「ガヨウ殿。この方が私の運命の人、ドゥーウェ・ソペードだ」

「ええ、初めましてガヨウ様」

火花が散っている。まるで鍔《つば》ぜり合いのような雰囲気に、部屋の中の空気が引き締まっていく。

「ねえトオン、よかったらこの人とどんな付き合いをしていたのか、私に教えてくれないかしら?」

「おや、私が彼女と特別な関係だったと、疑っているのかな?」

「いいえ、そんなことないわ。私はただ、貴方の昔の話を聞きたいだけなのよ」

言外に、『私以外の女なんて、目じゃないんでしょう』と言っているお嬢様。

これには相手も苛立ちを隠せない。

「このドンジラとマジャンは、古くから交流があってね。なので外交の場では、お互いの国に行きあったものだよ」

「あらそうなの。アルカナにいた時は気にしなかったけど、マジャンでの貴方はやはり王子として振る舞っていたのねえ」

ものすごい攻めの姿勢である。『ああ、私的な付き合いじゃなくて、パーティーで顔を合わせただけなのね〜』という雰囲気だ。

「トオン！　少し来てもらえないかしら！　貴方と、個人としてお話がしたいの！」

ここで、かなり踏み込んでくるガヨウ王女。

踏み込んでくるというか、危険な行為だ。語気の荒さや周囲の侍女の反応もあって、かなり暴走気味だとわかってしまう。

「貴方にとって、大事なことよ。聞いてもらえないかしら」

「それは……」

トオンに迫って、困らせている。この時点でかなり無茶だと思うのだが、それでも退く気はないらしい。

「私と二人っきりになることが嫌ならば、妹君を一緒にさせてもいいわ。大事なことよ、お願い」

馬鹿々々しいこと、私的ではないと、彼女は主張する。

おそらく本当に、一大事であろうことを話すつもりのようだが、さすがにトオンも難色を示していた。

その上で、彼はお嬢様を見る。

「あらあら、トオン。私が怖いの？」

お嬢様は、邪悪に笑っていた。

「大丈夫よ、トオン。スナエさんを連れて、一緒に話でもなんでもしてきたらいいじゃないの。私は全然困らないわ」

その顔には、勝利の確信だけが張り付いている。

「どうぞ、好きにして」

その顔を見て、彼は困ったように笑った。

「すまない、ガヨウ殿。今私は、彼女に試されてしまった」

きっぱりと、トオンは断る。

「ここでもしも貴女について行けば、それを後々まで言われてしまうだろう。それこそ十年経とうとも、結婚の挨拶に向かう途中で他の女のところへ行った、と怒られてしまう。それは避けたいのだ、情けない男だと思ってくれて構わない」

トオンは、これからずっと添い遂げるつもりなのだと、ガヨウ王女に言っていた。

「婿入りする身では、王子のように振る舞えないのだ」

もう自分はマジャン王国の王子ではなく、遠い国の家に婿入りするのだと、はっきり言い切っていた。

それはあまりにも潔い、男の振る舞いだった。

「……それならここで言うわ。どのみち、無関係でもないのだし」

果たして、彼女の心中いかばかりか。

今までの道中でお会いした貴人同様に、最高の男性を手に入れたお嬢様へ羨望と憎悪を向けるのか。

以前から惚れ込んでいた男が、悪い女に引っかかったことを嘆くのか。

そう思っていたのだが、どうにも雰囲気が違う。

「遠くからいらっしゃったアルカナ王国の方々でも、この近くの国々では王気を宿さない者に王位継承権がないことはご存知ですね」

「うむ。御兄妹から伺っている」

代表して、お父様が答えた。確かにこの場の全員が、既に知っていることである。

「影気を宿すトオン王子は、マジャン王国国王陛下の第一子でありながら、王位継承権がありません」

まさにただの事実確認だった。

なぜそんな当たり前のことを、今更彼女は言い出すのか。

「王気を宿さぬ方を王と崇《あが》め忠義を誓う貴族の方へ、あえてお伺いします。この風習をどう思われますか」

思わず、お父様の眉が跳ねた。彼女が何を言いたいのか察したがゆえに、大いに驚いている。

もちろん祭我も、ここまで言われれば見当がついてしまう。

今彼女は、この近くの国の文化、王制を、覆すようなことを言おうとしている。

「ふむ……私はまだマジャン王国を見ていないので、知ったような口をきくことはできませんが、同じ制度である貴国はとても繁栄していらっしゃる。であればマジャン王国の王制にも、問題があるとは思えませんな」

さすがはお父様、実に否定されにくいことを言う。

貴女の国はいい国ですね、同じ制度のマジャンもきっといい国でしょう、と言われて否定したら自分の国もマジャンもまとめて否定することになってしまう。

とはいえ、この程度のことでひるむガヨウ王女ではなかった。

やはりお父様の発言を尊重しつつ、より踏み込んでいく。

「我が国が繁栄しているのは、偉大なる父のお力によるもの。そう言っていただけると、本当に誇らしいですわ。ですが……王気を宿す者が皆、王に相応しいわけではありません」

これも否定しにくいことだ。どんな気血を宿していても、性格に反映されるわけではない。

悪血《あっけつ》を膨大に宿した結果、生まれながら凶暴だったランぐらいだろう。

王気を宿している強者が、必ず王に相応しい、とは俺達には言い切れない。

「逆に、アルカナ王国の国王陛下のように、王気を宿さぬお方でもよくお国を治めていらっしゃるのでは」

今度は同じことを返された。これでお父様が『王気を宿していない駄目な王』だと言ったら、それこそよくあるまい。

正直、会話を聞いているだけで、危険地帯を歩いているかのような心持ちだった。

果たしてお父様ご自身は、これにどうお答えするのか。

「父上。もう結構です」

露骨に不快さを露わにして、トオンがお父様を遮った。

「ドンジラの王女殿下。遠い国よりいらっしゃった貴人へ、何ゆえこのような問答を強いるのか。いつから貴女は、舌で人を試す方になられたのだ」

これも、もっともである。お客さんとして招いた人へ、こんなにも攻撃的な問答をしかけるのは失礼だろう。

王女相手にお客さんは逃げられないのだから、それを狙うのは卑怯である。

「そうね……では単刀直入に言いましょう。私は、トオンがマジャンの新しい王になるべきだと思っています」

やはり、そうだったか。話の流れからすれば、とても自然である。

マジャンの制度では王位継承権が最初からないトオンだが、彼女はその制度そのものに異を唱えているのだ。

「が、ガヨウ王女殿下！　それは我が国への内政干渉……いいえ、侵略にも等しい発言です！　どうか訂正を！」

慌てたスナエが、口を挟む。他国の王を決める制度そのものへ文句をつけ、実際に変えさせようとするなど侵略に近いだろう。

「スナエ王女……では貴女は、トオンが王に相応しくないと？」

「……もちろんです」

スナエは、真摯に答えた。トオンの名誉にかかわるであろうことを、揚げ足を取られることさえ覚悟の上で言い切る。

「兄上は、王に相応しくなどありません」

「……トオン王子の同腹である貴女が、そんなことを言うのですか！」

当然だが、二重三重の意味でガヨウ王女は怒っていた。

彼女は賛同してほしいから質問をしたのだ。求めていない答えが返ってきたのだから、怒るのは当たり前だ。その上で、惚れているであろうトオンが『王に相応しくない』と言われたことにも腹を立てていた。

いいや、彼女だけではない。彼女に従っている、数人の女性も気を高ぶらせている。

「同腹の兄妹だからこそ、言えることもありましょう。意見が違うからといって、憤慨されるのはいかがなものか。王気を宿す者同士が牙をむき合えば、冗談では済まないとご存知のはず」

そうした女性達の高ぶりを前にしても、トオンは毅然としていた。

実に堂々たる風格である。皮肉にも彼の振る舞いは、王に相応しく思える。

そうした姿を見て、彼女達は気を治めた。スナエが否定したことが間違いだと、強く確信できたからだろう。

「……トオン王子。貴方が王気を宿さずに生まれてきたことを、お母様は嘆いていたと聞きます。そして成長していく姿を見るたびに、より多くの方がそう思われるようになりました。それはマジャン王国だけではなく、近隣の諸国にまで」

そうだろうなあ、と共感する。

彼に王気が宿っていれば、きっと立派な王になっただろう。

今の振る舞いを見ても、否定できるところが見つからない。

「ですが私には王気が宿っていない。それで話は終わりのはずです」

「貴方が王気を宿すことはできなくても、法律を変えることはできるはずよ」

「……それはドンジラ王国の総意と見てよろしいのですかな」

「いいえ、貴方のお母様の意思だわ」

思わぬ名前が出た。いいや、一番自然な名前かもしれない。

同時に、一番恐ろしい名前だった。

「貴方のお母様が、貴方を王にしたいと願っているのよ。私はそれに同調しているまで」

「……母上が、貴女をそそのかしたと」

「そそのかされたわけじゃないわ、私もずっとそう思っていたもの。私だけじゃなくて、多くの国々で、賛同者が出ているわ。もちろん、貴方のお母様以外のマジャン王族からも」

トオンの驚きは、如何ほどだろうか。

彼の顔には、困惑が張り付いている。

自分の母親が周辺諸国の王女達を扇動して、国家の法律を捻《ね》じ曲げようとしているなど、想像もできなかったことだろう。

それも、ただ自分を王にするためだけに。

「素面とは思えません。どう言いつくろおうとも、マジャンの法を複数の国が捻じ曲げようとしているだけではありませんか」

「私達はあくまでも後ろ盾にすぎないわ。マジャンの民がそれを望めば、法律はつつがなく変わるはずよ」

皮肉なことだ。ここで欲張って地金を晒すような男なら、幻滅して退き下がるかもしれない。

だがトオンは、ここでも正しさが溢れていた。

「神降ろしを使えぬ私が王になったところで、異を唱える神降ろしの使い手に排除されるだけでしょう。どう法を変えたところで、不満を持つものを抑えるのは力でしかない」

「力なら！」

自負を持って、彼女は宣言した。

「力ならば、私達がいるわ！　私達が、貴方の力になる！」

「……諸国の王女に守られた男が王とは、笑い者になるだけでしょう」

本当に、トオンは寂しそうだった。

彼女達の理想の王子像がトオンであるとしても、トオンにも理想の王像があるのだ。

トオン自身が、それから一番遠いことを理解している。

「善政を敷き、国家を繁栄させれば、必ずや歴史が正しい決断だったと賞賛する。心の小さい者の声など、貴方が耳を傾ける価値はない！」

だが彼女はトオンを説得している。

その上で、こちらに敵意を向けていた。礼節を保ちつつ、敵対的な態度を隠さなかった。

「アルカナ王国の方々。遠くからいらしたこと、アレだけの宝物を持って挨拶にいらしたことには、本当に敬意を表します。トオン王子をマジャンへ護送してくれたことには、感謝も致しています」

彼女の隣に控えている女性達も、明らかに攻撃的な雰囲気だった。

言葉とは裏腹に、トオンを置いてとっとと出ていけ、という雰囲気だった。

「ですが、トオン王子の幸福を願うのであれば……自分達が何をするべきなのか、よく考えることですね」

これは文字通りの意味で、宣戦布告に近いのかもしれない。

今襲いかかってきても、まったく不思議ではなかった。

「ふふふふ……」

そんな状況で、お嬢様は笑っていた。

「トオン、貴方のお友達は面白い方ね。嫌そうな顔をされたとしても、高価な贈り物なら喜んで当然だ、なんて考えているんだもの。王族というよりも、成り上がりが考えそうなことだわ」

火に油を嬉々として注ぐ。

溜めに溜めた悪意を、怒っている女性へぶちまけている。

見ているこっちが肝をつぶしそうだった。

「貴方のことが好きすぎて、顔も見られていないようね。貴方ってば、本当に罪な男ねえ。顔を直視できない女性からも、こうして好かれているんだもの」

傍若無人極まった発言だった、棘《とげ》しかない言葉だった。言葉の棘を、お嬢様は王女へ擦《なす》りつけている。

「貴様！」

「あら王女殿下、私に対しては情熱的に振る舞うの？　今まで迂遠《うえん》に国やら法やらを語っていたのに、それに触れていない私へ怒るの？」

本質を突くお人だ。確かに散々理屈を並べていたが、ガヨウ王女は王になったトオンと結婚したいだけなのだ。

他のことは、全部理屈でしかない。

「トオンの幸せを考えろと言うけれど、どう考えても、どう見ても、結果は明らかじゃないの。ねえ？」

お嬢様は、トオンにしなだれかかった。今までと変わらずに、女の幸せを見せつける。

それに対してトオンは、何故かほっとした顔をした。

本当になんでなのかさっぱりわからないが、お嬢様が悪女の振る舞いをしていることに安らぎを得ていた。

俺だけではなく、ガヨウ王女もその御付きの女性も、スナエも祭我も、目を皿にして驚いている。

「ドゥーウェ……」

「まったく、貴方は本当に……罪な男だわ」

お嬢様にトオンが支配されているようだった。トオンはそれを、喜んでいるようだった。

俺ごときにはわからない、大人の男女の世界である。

確実に言えることは、トオンが幸せそうだということ。トオンの幸せを考えるのであれば、お嬢様と一緒にいるべきなのだろう。

お嬢様は余計なことを言わず、その振る舞いで相手を制していた。

「むぅ……ごほん！」

不快そうなお父様が、今更のように自己主張する。

さすがに結婚の挨拶へ向かっているところで、結婚を認めないとは言わなかった。

その上で、ガヨウ王女へ厳しい目を向ける。

「いろいろと事情が絡み合っているようだが、あえて言わせてもらうのなら」

それは、軽蔑に近い目だ。

「当代の王陛下がよろしくないと知ったばかりの王子へ、嬉々として王位継承のことを語るのは品位に欠ける。父の病を喜んでいると誤解させるような発言は、極力控えるべきではないか」

幸せそうなトオンを見て湿っていた熱意が、正論で打ちのめされた。

確かに先ほどまで、トオンは父親が倒れたことで悲しんでいたのだ。

その状況で跡目争いの話をされれば、さぞ心を痛めただろう。

「……失礼しました」

そう言って、下がるのがやっとだった。己の失態に気付いて泣きそうになっているガヨウ王女は、御付きを連れて部屋を出ていく。

口に出して言えないが、尻尾を巻いて逃げ出したようなものである。

「……本当に、女性を狂わせる男ね」

感嘆したハピネの言葉に、ツガーも頷いた。

他国の王女からここまで好かれる王子、というのは本当に狂わせる存在だろう。

それを、本人が望んでいないことも明らかだが。

「兄上……こうなっては」

「ああ、わかっている」

この旅はトオンにとって、両親へ結婚する女性を紹介するだけのことだった。

少しは騒動が起きるかもしれない、とは思っていただろう。だがしかし、ここまでとはさすがに思っていなかったはずだ。

「母上を止める……息子として、王子として……！」

順序

失意で下がったドンジラの王女、ガヨウ。

彼女は自分の失敗を嘆いていたが、こちらのほうがよほど嘆かわしい。

彼女が去った後の部屋では、さらに沈痛な雰囲気が流れていた。

「母上……情けないことだ」

結果から言ってしまえば、間が悪すぎた。

トオン達の父である国王が病に倒れた後で、行方のわからなかったトオンが大手を振って帰ってきた。

トオン達の母をはじめとして、トオンを王にしたいと思っていた面々にとっては、天の意思かと勘違いするところだろう。

もちろん実際には、ただ間が悪かっただけなのだが。少なくともトオン本人が、その気を完全に失っている。

「ふん。あんな女、さっきひねりつぶせばよかったんだ」

どうでもよさそうにしていた、話に一切参加してこなかったランが、今更そう言った。

ランのことは気に入らないが、正直気持ちはわからんでもない。

ガヨウ王女はかなり礼儀知らずで、トオンの気持ちを蔑ろにしていた。俺としても不愉快な相手だった。

「そうはいかん、我らは王宮を借りている身だ。もしも王女と戦いになれば、マジャンにも迷惑をかける」

「それを笠に着ていたのなら、強者が評価される文化というのも失笑ものだな」

「そうだな、返す言葉もない……」

ランの苦言を、同じ王気を宿す者であるスナエは認めていた。

「知らないとはいえ、この場の面々を前に、『力になる』というのもお笑いだ」

「ああ、まったくだ。やはり王気を宿し、神降ろし以外を下に見る者は、見聞が狭いのだろう」

ランの更なる暴言も、スナエは受け入れる。

受け入れてばかりなのは、それだけ自分の母親が暴走していることが嘆かわしいからだろう。

「これも、我が身から出た錆だ。申し訳ない」

「あら、そんなこと気にする必要なんてないわ。そうでしょう、サンスイ」

申し訳なさそうなトオンに対して、お嬢様は心底から愉快そうだった。

「どのみちバトラブの次期当主様も、お嫁をもらうために武を示さないといけないのだし……舞い上がっている淑女達に、現実を教えてあげましょう。彼女達が望むように、公然の場でね」

確かに、そうなるのだろう。

トオンを守ると言っている諸国の王女達は、その力をマジャンの民へ示さねばならない。トオンやスナエをもらうことになる俺達アルカナ王国もまた、マジャンの民へ力を示す必要がある。

そしてガヨウ王女が言っていたように、トオンを婿として迎えたいアルカナ王国と、トオンをマジャン王国の王に据えたい彼女達では、利害が真っ向から対立している。

無秩序な戦争ではないとしても、戦うことは避けられないだろう。

「……本当に、申し訳ない」

当人の意思がまったく無視された話だった。

彼の顔を見た上で、ガヨウは彼を王にすると押していた。まったくもって、彼を蔑ろにしている。

彼のためにも、負けるわけにはいかなかった。

「気に病むな、息子よ」

苛立ち、怒りをあらわにしたお父様が、トオンを慰めた。

「むしろちょうどいいではないか。王族を大衆の前で叩きのめせる機会など、そうそうないぞ」

お父様の顔には、少しぐらい相手を立ててやろう、という気がなかった。

元より自分の国の王にも遠慮しないお父様だが、あれだけバカにされれば遠慮する気など残るまい。

「サイガ……おそらくお前も戦うことになるだろう。頼むぞ」

「ああ、任せてくれ。絶対に勝つよ」

スナエに頼まれた祭我も、やる気を出していた。

祭我にとっても、トオンは兄貴分だ。その兄を悲しませたのだから、やはり戦う理由には十分だろう。

「試合をするのなら、選手が二人だけというわけにもいかんだろう。スナエ、私も力になるぞ」

元より凶暴で、争いを好むランだが、今はスナエやトオンのために試合へ参加する意欲を見せていた。

「ラン、相手は神降ろしだぞ。それも私よりも数段強いはずだ。それでも勝ち目はあるか？」

「スナエ、安心しろ。お前に負けたことは受け入れているが、これ以上不覚を取る気はない」

スナエ自身は、神降ろしの使い手の中では凡庸に入る。そのスナエにさえ、ランは勝てなかった。それだけ神降ろしと狂戦士の相性は悪い。

同系統であるだけに、少々の工夫では勝つことは難しい。

「根拠のない自信ではないぞ、なにせあのスイボク殿から技を授かったからな」

だがしかし、ランは師匠から技を教わっている。

直接指導を受けていたのはほんの一週間程度だったが、元が天才ということで彼女はあっさりと習得している。それも悪血の効果なのだろう、なんとも羨ましい話だ。

もちろん興奮するであろう実戦で、我を忘れずに使いこなせるとは限らない。

だがここまでの道中で反復練習をしていたこともあり、試合でなら問題はないのかもしれない。もちろん、いざとなったら俺か祭我が止めることになるのだが。

「それに、こいつらだって力になる。以前より腕を上げたし、スイボク殿に作ってもらった宝貝も、ずいぶん使いこなせるようになった。元の拳法と合わせれば、何も知らない相手を一方的に倒すぐらいはやるだろう」

ランの保証に、テンペラの里の四人も頷く。

急遽《きゅうきょ》同行することになった彼女達だが、やはり師匠からもらった宝貝によって戦術の幅が大いに広がっている。

宝貝を併用することによって特殊な拳法を最大に活かすことができれば、神降ろしの使い手にも後れはとらないだろう。

「貴方も森を出る時に、宝貝の一つでももらってくればよかったのにね」

なお、お嬢様から俺へ、心ない言葉が飛んできた。

それは俺自身、ずっと思っていることなので、今更言わないでいただきたい。

「貴方もお師匠様から術を授かったのでしょう？　地味に木刀で叩いて終わり、にはしないでちょうだいね」

「承知いたしました、お嬢様……」

毎度のことではあるが、派手さのない戦いになることだけを心配されている。

一応師匠から新しい術は習っているので、失望させることはないと思う。

「皆……ありがとう」

ほっとした顔をして、感謝を示すトオン。

誰もが自分の味方になり、協力的になってくれていることを喜んでいるようだった。

「これだけの猛者《もさ》が協力してくれるなら、まさに百人力だ。必ず母達の野心を打ち砕いてくれるだろう！」

一切影がなくなったような顔で笑うトオンだが、どこかで後ろめたさが残っているようだった。

それを俺は感じ取ってしまうが、しかし口にはしない。彼の強がりに水を差すのは、やはり酷なことだった。

×　×　×

ドンジラ王国の宮殿における貴賓用の客室は、当然ながらただの六畳一間ではない。

たとえるのなら、宮殿の中にお屋敷が入っているようなものだ。皆でくつろぐ大広間があり、客人のほぼ全員に割り当てられる寝室があった。他にも細々とあるが、ともあれ寝る時間になれば大広間は内緒話にぴったりとなる。

俺とトオン、祭我は話をすることになっていた。

「まずは……感謝を伝えたい。我が剣の師となってくれたサンスイは当然のこと、共に切磋琢磨してくれたサイガにも……本当に感謝している」

豪華な座布団に座っているトオンは、同じように座っている俺達へ深く頭を下げてくれた。

「その二人には申し訳ないのだが、どうやら我が国は今複雑な状況であるらしい。なのでたどり着く前に、私達の状況を単純にしておきたい」

「ど、どういう意味ですか？」

「口を挟むことではないと思うが、いい加減スナエと君で話を終わらせてほしい」

かなり踏み込んだ話題だった。

しかしそれも当然のことである。むしろ旅に出るまで、話をしなかったことに問題がある。

「もちろん、親書にはスナエがバトラブに嫁入りするということになっているのだろう。だが肝心の君は、スナエやハピネと話をしていないそうじゃないか」

「……はい」

「そこを何とかしてほしい。口を出すのも野暮だが、君の義務だ。貴族の次期当主としてではなく、一人の男子としてのな」

「はい……」

「スナエを泣かせるのは仕方ないが、不幸にしないでくれ。その時は一人の兄として、及ばずながら君に剣を振るう」

決して甘くないところも、トオンのいいところだ。そのあたり、本当に真似できない機微である。

祭我を叱る一方で、自分の力のなさも呪っているようだった。

「本来私は、偉そうなことを言える立場ではない。だがそれでもこうして口を挟んだのは、マジャンに入る前に問題を終わらせておきたかったからだ。君には君の考えがあると思うが、状況が許さないのだ、頼む」

「いえ……俺に、考えなんて……」

密談という場が、祭我の口を軽くしたのだろう。

かなり申し訳なさそうに、本音を話し始めた。

「俺は……駄目な奴です。ハピネやスナエと結婚することの意味だって、今でもよくわかっていないかもしれない……なんでもかんでも、他の人から言われるままだったと思います」

そして、状況を動かす決断をする。

「でも、ちゃんとします。ちゃんと話し合います」

「……そうか、すまない」

「それでその……逆に聞きたいことがあるんですけど」

「なんだろうか」

「ドゥーウェさんのどこがいいんですか？」

直球の質問だった。ここに来るまで多くの女性から質問されていたことを、祭我が改めて問う。それに対して、トオンはかなり詳しく明かし始めた。

「意外に思うかもしれないが、私は女性を喜ばせることはあっても、幸福にしたことがない。強いて言えば、ドゥーウェ殿が初めてだ」

「え……あれだけ女性の扱いを心得ているのに？」

「仕方あるまい。私にとって、女性とはいつも寄りかかってくる相手なのだ」

心中を語る彼はとても申し訳なさそうで、この場にいない女性達に謝罪しているようだった。

「私は確かに気が利くし、顔も良い。舌も回るし生まれも良い。そんな私が口説こうとすれば、大抵の女性は意のままにできるだろう。だが私は、それを喜びに感じる性格はしていなかった」

改めて、俺も祭我も戦慄《せんりつ》する。

この男は、非の打ちどころが見つからないほどイケメンだった。

だからこそ、とても苦しんでいるようだった。

「私には、女性がどう振る舞ってほしいのかがわかる。それは礼儀の面でもそうであるし、情動の面でもそうだ。私はそれを面倒に感じることはないが……やはり疲れてしまう」

イケメン特有の苦悩だった。

やろうと思えばたくさんの女を口説き、ハーレムを作り、上手に運営できそうなのに、そういう親密な女性を一人も作らなかったとは。

いやそもそも、お嬢様のように高圧的に振る舞ってもよさそうだが、あえて相手にとって最も好ましいように振る舞っている。それ自体が高潔さと誠実さの表れなのかもしれない。

「だがそれは、私が『女性の理想』を演じている、というだけなのだ。やはり、生のままの私ではない。人によっては演じられるだけ大したものだ、と思うかもしれないが……閨《ねや》でまで強気でいなければならないのは、どうしても疲れる」

「トオンは、期待してくる相手に弱音が吐けない性格だったと」

祭我の評価は、適切だった。

皆が理想の王子を求めるから、トオンはそう振る舞う。

しかし、プライベートでぐらい素のままでいたいのだろう。

トオンの場合、素でも相当のイケメンではあるのだが。

「誠実といえば聞こえはよいが、女性達にしてみればたまったものではない。サイガのように、多くの女性に愛を振りまくべきだと思ったこともあるが、そんな義務感で女を抱くには私は若すぎた」

「いくらなんでも、難しく考えすぎなんじゃ……」

ここまでは、お嬢様以外の女性と付き合わなかった理由である。

問題は、お嬢様を好きになった理由だ。

「もっと正直に言えば、私はツガー嬢のような卑屈な女性が苦手なのだ。私には、ああして崇拝してくるというか、いつ棄てられるのか怯えている女性を愛でる器量はない」

「え……ツガーが苦手!?」

確かにツガーは、あらゆる意味でお嬢様とは対極に位置する。

しかし、まさか直球で苦手だと言ってくるとは思っていなかった。

それにしても、完璧なイケメンにとっては『そういう女』は苦手な相手になってしまうのか。

昔俺は祭我の取り巻きを見て『なんてハーレムっぽい女達なんだろう』と、失礼なことを考えた。

そして、実際そうだった。ある意味では、今でもそうだ。あの三人は、祭我のことを持ち上げている。

もちろん、それだけ祭我も成長していると思う。これはとても客観的な評価だ。

しかし、真のイケメンには、理想の王子様には、そういう相手は重荷のようだ。

トオンは本当に理想の王子様であり、実在する等身大の男だ。

だからこそ、どうしようもなく実在するが故の悩みを抱えている。

それを、彼女達は見たいと思っていない。あくまでも『理想の王子』の『良い面』だけ見たいと思っている。トオンはそれがわかるからこそ明かそうとしない、見せようとしないが、それはやはり負担なのだろう。

「男を立てる淑女といえば聞こえはよいが、私は女性の前でぐらい座りたい、女性の前では自分がくつろぎたいのだ。私も男なのでな、女性に対してそういう夢を持っている」

「俺はツガーのことをそうは思わないけど……でもわかるな。確かに女の子の前ではカッコいい自分だけ見せたいし、恥ずかしいところを見せることに抵抗もあるし」

「俺は全面的に同意するぞ。俺だってブロワがあんまり卑屈になられると困るし、そういうことがあると面倒に思うことだってある」

俺とは違う意味で、トオンも大分気を張っているらしい。

贅沢な悩み、と本人も自覚しているのか、なかなか口に出せないことだった。

「俺がブロワと結婚していいと思ったのは、なんだかんだ言って対等な関係だからだ。お互い、遠慮なく口にできるしな」

「それは羨ましいな、サンスイ殿。私はそういう女性をずっと求めていた。だからこそ、自信に満ち溢れたドゥーウェ殿がまぶしく見える。彼女の前では、弱音も吐けるのだ」

なるほど、お嬢様とは別ベクトルで望みが高かったのだ。さっきガヨウ王女に対しても余裕を保っていたところを見て、安心していたのはそういうことか。

そうしてみると、お嬢様はまさに運命の相手だったということか。なるほど、ようやく納得できた。

「引く手数多《あまた》だろうに、態々《わざわざ》お嬢様を選ぶとは物好きというか大器というか、と思っていたんだが……そういうことだったのか」

「山水、お前結構失礼だな」

「仕方ないだろう、俺だってお嬢様には思うところがあったんだ」

実際、悪人ではないというだけで趣味は悪いし、性格だって悪い。

そんなお嬢様と結婚するとか、どんな罰ゲームだと思っていたが、こういう相手が見つかるとは奇縁である。

「ははは……こうして気軽に胸の内を明かせる相手も、遠い異国でようやく得た。私は多くの者に恵まれているよ」

そこまで言ってから、とても真面目な顔になっていた。

「……本当は私こそが、神降ろしの使い手と戦うべきなのだ。恥をかくだけとしても、自分の意志を露わにするべきなのだ」

真面目に、自分の恥を明かしていた。

今回の件で戦うのは、俺達アルカナ王国の面々であり、テンペラの里の者達だ。

趣旨から言えば、それが正しい。

アルカナ王国の者がトオンを立てようとする者に勝つからこそ、どちらに行くのが正しいのか力で決められる。

だがしかし、実際にトオンやスナエが戦えばどうなるか。

宝貝の補助があったとしても、選抜されたであろう神降ろしの使い手を相手にしては勝ち目はないだろう。

「母の野心を砕くのは、私や妹でなければならない。だが実際に戦うのは……いいや、私達が実際に戦えば勝てない」

己の無力さを嘆く彼に、俺達は何を言えばいいのだろうか。

「勝てぬからと言って、他人まかせ。それが私の真実の姿だ」

「そんなことないですよ」

トオンを否定したのは、俺じゃなくて祭我だった。

「フウケイさんと戦う時、逃げなかったじゃないですか。貴方は勝ち目がないからって、逃げ出すような人じゃないです」

「……そうだな。フウケイ殿は、本当に強かった。あの方に比べれば、なるほど神降ろしも大したものではないだろう」

俺がいない時に、二人はランと一緒にフウケイ様と戦った。

おそらく俺の師匠の次に強かったであろう、途方もない大仙人を相手にしていたのだ。

「見当違いではあったが、あの方から一番強いと勘違いされた時、私は嬉しかった。そうだな、私は弱くはないか……」

祭我も、トオンも、おそらくはランも成長している。
俺が経験しなかった、強大な敵との戦いで何かを得ている。
その後に師匠が戦う姿も見て、真の強さの神髄にも触れたのだろう。
非常に今更ではあるが、俺はそれが……。
「正直、それは羨ましい」
俺も心中を明かす。男同士で恥をさらす話は、なんとも心の温まるものだった。

必罰

　もうすぐマジャンに到着する、というタイミングで俺、瑞祭我はようやくツガー、ハピネ、スナエと話をすることになった。一応、エッケザックスも一緒である。

　揺れる馬車の中で、意外にもみんな落ち着いていた。特にスナエは、これから何を話しても動じない構えを見せている。この話題の結論で一番左右される彼女が、そうしているので他の二人もやや安堵しているようだった。

「遅くなったけど……俺はバトラブの切り札、瑞祭我だ。アルカナ王国に……骨を埋める覚悟だ。今までがそうだったように、アルカナ王国のために自分を鍛えて、アルカナ王国のために戦い、その結果どうなっても恨むことはない」

　その言葉を聞いて、ハピネはとても安堵してくれた。

　そう、俺はもっと早くこう言うべきだったのだ。いろいろと遅いにもほどがある。

「だから、俺はマジャンに行く理由はあるけども、マジャンで人生を終えるつもりはない。それをスナエが許せない、というのなら別れることもやむを得ないし、ツガーに頼んで呪術で王気や神降ろしについて誓約を設けてもいい」

　それが償いになるかはともかく、王家の技を教えてもらった身としては、それを制限するしかなかった。

　ツガーは嫌がるだろうけど、すっぱり切らせてもらう。

「でも、スナエがそれでもいい、アルカナに来てくれる、というのなら俺はそのために頑張る。スナエのお父さんに頭を下げたり、戦うことになったり、負けることになっても、それを受け入れるよ」

「くだらないな、サイガ。お前の誓いは、とても安い」

　意外にも、スナエはとても穏やかで冷静だった。

　もちろん、マジャンに骨を埋めてもらうのが彼女としても一番嬉しかったんだろう。

　だから残念そうではあるけども、仕方なさそうでもあった。

「言いたくはないが、今のお前が神降ろしを使わないことに、どれだけ意味がある？　今のお前は悪血《あっけつ》を使いこなしている。はっきり言って、それだけでも補えてしまうだろう」

「……ああ、そうだと思う」

「では意味がない。確かに王家の秘儀は守られるが、それではお前が私に対して謝罪とするには不足だ。違うか？」

「……うん」

「それでは、私にとって重要なことを問う。お前……何故アルカナを、バトラブを選んだ？」

　とても真剣な質問だった。

選ばなかった理由を、しっかりと俺は答えないといけない。

それが、仮にもスナエとハピネの祖国を秤にかけて、片方を選んだ俺の義務だった。

「先に言っておく。俺は別に、スナエとハピネを秤にかけて、ハピネのほうが魅力的だと思ったわけじゃない。こんな言い方はどうかと思うけど、二人とも好きだから」

自分でも、ものすごくどうかと思う発言だった。

この言葉を言っている時点で、とっくに俺はイケメンじゃない。

というか、こういう状況になった時点で、俺はイケメンじゃないのだろう。

こうなったのは全部俺の優柔不断さのせいだ。

スナエから結婚の申し出があった時に『先にハピネと婚約したから、君とは応じられない』とはっきりさせておけば、こんなことにはならなかったのだ。

曖昧でいい加減にしていたから、こんなことになったのだ。

「ただ俺は……もっと強くなりたい。そのために、俺はアルカナ王国で暮らしたい。それに、バトラブには、ハピネのお父さんにはとってもお世話になった。それをスナエが理由だからって、裏切れない。俺がアルカナ王国を選んだのは、そういう理由だ」

下手をしたら、ハピネにもぶん殴られるかもしれない。少なくとも、俺が女でハピネやスナエの立場だったら、そう言われたらすごい怒る。

ハピネが好きだからアルカナ王国、スナエが好きだからマジャン王国、というわけじゃない。

単に条件がいいから、という不純な理由で結果的にハピネを選んだのだから。

でも、アルカナ王国とマジャン王国を秤にかけたのであって、二人を秤にかけたわけじゃない。

二人とも好きだし、優劣なんてつけられなかった。

たとえ殴られて蹴られて、結果的に双方から手を切られることになっても、俺は本当のことを言わないといけないと思っていた。

「その上で、スナエ。俺はちゃんと君に謝らないといけない。俺は、君が遠い国の王女様だって知っていても、君の国のことも王家の秘技のことも重く考えなかった。俺は、君のことを新しい魔法を教えてくれる人、としか思わなかったんだ」

最低な言葉だった。

偽らざる本音であり、悪気はなかったとしても、最低な言葉だった。

つまり俺は、最低な男だった。

「君が俺に対してどう思っていたのか、ツガーやハピネが俺に対してどう思っていたのかわからないけど、俺は君から魔法を習うこと、君と一緒に過ごすことに対して深く考えなかったんだ」

「そうか……」

「ごめん」

俺は、馬車の椅子に座ったまま頭を下げた。

すると、正面に座っているスナエは、俺の髪を摑んで頭を上げさせた。

「ふんっ！」

平手打ち、じゃなかった。

王気によって伸びた爪が、俺の頬をごっそり抉《えぐ》っていた。

血しぶきが上がって、馬車に散乱する。

エッケザックスはそれを眺めていた。そりゃあそうだ、エッケザックスにとっても動くことじゃない。

ハピネとツガーは顔を青くしているが、何もできなかった。そりゃあそうだ、二人に戦闘能力はないし、スナエは極めて戦闘的な希少魔法の使い手。

確かに俺やラン、山水ほどじゃないとしても、普通の女子よりは格段に強い。

「スナエ……」

「まだだ」

ネコ科動物の目になりながら、スナエは俺の肩に嚙みついた。

皮膚に嚙み痕が残るとかじゃなくて、肉を突き破って骨を折っていた。

「つぅううう！」

「情けない、これぐらい我慢しろ」

王気を収めたスナエは、口元と指の血を拭いながら椅子に座った。

「だ、だ、だ、大丈夫ですか⁉　サイガ様⁉」

「ああ、大丈夫だよ、ツガー……これぐらい自分で治せる」

悪血を活性化させて、髪を白く染める。

さすがに狂戦士であるランのように、体の肉や皮をごっそりと持っていかれてもあっさり治せるわけじゃないけど、まず痛みは収まるし止血も早い。それに、聖力で法術を使えばあっさり傷もふさげるのだ。

ただ、さすがにキレイに、とはいかなかった。骨はきちんとつながったけども、皮には噛み痕と爪痕が残っている。

「これぐらいで勘弁してやろう」

「や、やりすぎよ！　サイガに傷が残っているじゃない！」

「ふん、どうしても消したければスイボクにでも頼め」

俺じゃなかったら殺人事件だった。痴情のもつれからの殺人事件だった。

まあ、二股とか三股とかしてた男には、ふさわしい怪我だろう。

「……私も女であり王女だ。いつまでも他所《よそ》の国の厄介になるのは好ましくないし、できれば祖国のためにサイガを連れて帰りたかった。サイガにはそれだけの価値があるとは思っていたし、そのつもりがあるからこそ私はサイガに神降ろしを教えたのだ」

と、とても当然のことを言っていた。

そりゃそうだ、スナエにとってはそれが最良で、俺はそれを選ばなかったんだから。

だから、こうされても仕方がない。俺が受け入れたことで、スナエも清算は済んだという喋り方に変わる。

「兄上を、トオン兄上を知っている私にしてみれば、お前のごとき平々凡々の面《つら》に惚れ込むところなどない。単に強くて珍しいから、私はお前と結婚してやってもいいと思ったのだ。蛮地の貴族から奪うなど簡単だとも思っていたしな」

「私のこと、そう思ってたの!?」

「当たり前だ、お前も似たようなものだろう。そもそも、私が王家の生まれであることを信じていたのかも怪しかったしな」

「それは、そうだけども……」

そりゃそうだ、俺だってそんなに真剣には考えていなかった。

だって、ハピネには大きいお屋敷もたくさんの使用人もいたけど、スナエには神降ろしという希少魔法しかなかったもんな。

それで、神降ろしは王の技だ、王家の証明だ、と言われても信じるかは微妙だった。

そもそも、国って言っても大きい国とか小さい国とかあるし。

「ただ……それはあくまでもきっかけだ。サイガ、お前がもしも情けないところを見せていれば、王である父上に挨拶をさせようなどとは思わん。さっさとお前を見限っていた。私の目が曇っていたと判断して、寝首をとっていた」

それは、スナエがやろうと思えばいつでもできることだった。

その辺りの奇襲は、山水なら対応できても俺じゃあ対応できない。

予知ができると言っても、寝ていたら対処できない。

「兄上と違って、お前は百点満点の男ではない。希少ではあるが万能から程遠く、今となっては最強とも思えない。しかし、お前は腐らずにやってきた。お前は負けることを嫌がらず戦うことを恐れなかった」

言われてみれば、俺ってちゃんとした敵にちゃんと勝ったことがないような気がしてきた。

いいんだろうか、これで。

「もちろん、気持ちよく勝ってほしいとは思っている。しかし、しかし、しかしだ。サンスイもフウケイもこの星でも屈指の強者であり、お前の格上だった。勝ち目がないからと言って尻尾を見せて逃げ出すような真似を、お前はしなかった。自分より弱い相手と戦い勝つことよりも、自分よりも強大な相手に挑み命を拾うことのほうが、私は価値があると思う」

勝ってほしかった、と本音を言う。

しかし、逃げなかったことと生き残ったことを、負けた後でも鍛え続けたことを、スナエは評価してくれた。

口元が血まみれだけど。

「お前は私に勝った、それは結果でありきっかけだ。それ以降、お前の『行動』は私の期待に沿うものだった。今この場で下した判断も、それから離れたものではない。だから私もそれに従おう」

「じゃあなんでひっかいて噛んだのよ！」

「腹が立ったからだ！　わかってはいたが、もうちょっと言い方というものがあるだろうが！」

これで、とりあえずスナエは許してくれたということだろうか。

もう痛くないけど、鏡を見たら顔とか酷いことになってそうである。

「あの……本当に大丈夫ですか？」

「ああ、大丈夫だよ、ツガー」

まあ確かに、自分でもここまで来ないとこういう話をしなかったことを考えると、相当間抜けである。

これだけ長々旅をして、これだけ延々と続く馬車に宝を乗せて、さあご両親に挨拶だってなって、それで今更こんな話されたら怒るだろう。

いい加減でも曖昧でも許されない。それはもっと前の段階でそうだったはずだ。

「とにかく、ちゃんと言葉にしてくれたのは嬉しいが、もうちょっと早くしてほしかった。私だって、どうせなら国でお前と過ごしたいと思っていたからな……まあこれはこれでいい結論だが」

「なんでよ。アンタよく私に『所詮貴族だ、私が国に帰れば王族だぞ』とか言ってたじゃない」

「私の国には、サンスイやスイボクはいない。仮に我が国にサイガが定住すれば、己を鍛えることがなくなってしまうかもしれない。そうなれば、サイガが腐ってしまうかもしれないからな」

その言葉は、俺にとっては痛い言葉だった。

確かに、俺はスイボクさんや山水と違って、森にこもってひたすら修行できるほど勤勉じゃない。競争相手がいなくなったら、そこで満足してしまうかもしれない。

「既にサイガは、強さにおいて我が国では並ぶ者がないだろう。もはやマジャンの王になることも簡単なはずだ。だが、サイガに王としての器量はない。私もウキョウを見たからな、さすがに学習している。サイガがアレになるとは、とてもじゃないが考えられない」

そうだろう、俺もそう思う。

右京は確かに『皇帝』だった。役職としてではなく、名称でもなく、確かに一国の長として国家の全権を背負っていた。俺には無理だ。

俺はずっと流されてきた。何もかも曖昧で、指示や指導を待っていた。

そんな奴に、王位が務まるわけがない。

「だから私は、アルカナに根を下ろしてもいいと思っている。お前が私と正式に結婚し、大貴族として大国の五分の一を治めるというのなら、マジャン王の娘の一人として身分不相応とはならないだろう。ただ、もう少し早く決めてほしかった。正直不安だったんだぞ」

少し、拗《す》ねたようなことも言わせてしまった。

本当に不甲斐なくて、申し訳ない。

「うん、ごめん」

「ちょっと、私とも結婚の約束してよ！　この場でも、ちゃんと！」

ハピネが怒っていた、そりゃあ怒るだろう。

「ああ、うん。もちろん、ハピネとはちゃんと結婚するし、バトラブも継ぐよ。ツガーともちゃんと結婚する」

「なんか、もっとちゃんとしてほしい！　さっきみたいに重い言葉で！」

「そ、それなら後でにしましょうよハピネ様！　落ち着いてください！」

ツガーがなだめてくれるけど、なかなか落ち着かなかった。

そりゃそうだ、完全についで扱いだったもんな。

でも、今この場でプロポーズしたら、どうしてもついでになってしまうと思う。

「まあ落ち着け第二夫人」

「誰が第二よ！　私が正室、私が第一なんだから！」

「その辺りは再度話し合おう。私の父も、その辺りにはメンツが絡むからな」

一国の王女であることに変わりはない、とスタンスを示すスナエ。

そう言われるとなかなか切り返せないのがハピネだった。確かにその通りであるし。

「……だからこそ、母上のことにはきちんと決着をつけたい。兄上は自分で解決しようとしているが、私だって……いいや、私にこそ、解決の役割がある」

ドンジラの王宮で、トオンが自分の無力を嘆いていたことを思い出す。

確かに考えようによっては、トオンはスナエを当てにしていなかった。

だがスナエは、トオンよりも自分のほうが、問題を解決するべきだと思っているようだった。

「サイガ。私は戦うことこそないが、王族としてやるべきことをやるつもりだ。だからこそ、試合をする時には……頼むぞ」

「うん！　任せてくれ！」

強くなってよかったと、心から思える。

彼女からの信頼に、自信を持って応えられるのだから。

王位

当たり前だがこの世界のこの時代、隅から隅まで『国境』があるわけではない。というかそもそも『誰かの土地』があるわけではない。

もちろんここからここは『ドンジラ王国』でここから先は『マジャン王国』で、という大体の国境はある。ただ、はっきり言って地球の二十一世紀ほど明確な国境線があるわけではないし、ぶっちゃけ放置されている土地も多い。

例えば砂漠があったとして、その砂漠のオアシス間のルートのようなものには縄張りが生じても、それ以外のただ砂があるという場所を誰かが管理することはない。

基本的に、この時代の国境や土地の概念は有用な農地とかに生じるものなので、国と国の間には空白地帯というかグレーゾーンというか、ぶっちゃけ何の利用価値もない誰も管理していないような土地もある。

マジャンとドンジラが隣国同士と言ってもそれなりに仲がいいのであれば、国境のきわどいところに有用な土地があるというわけではないのだろう。

とにかく、ドンジラを出たあたりで結構な軍勢が俺達の進路へ待ち構えていた。

「どうだ、サンスイ」

「殺意はありません。王気を宿す者が多いですが、他におかしなところはありません」

「そうか……大体どれぐらいだ？」

「全体の一割ほどです」

「本当に多いな、精鋭ということか」

お父様とトオン、加えてスナエと祭我は、俺と一緒に騎乗してその軍勢へ向かった。

追い返しに来たわけではない、と俺は伝える。まあそんな失礼なことをするとはさすがに考えられないが。

ここまで数カ月かかっているのだ、ここで追い返されようものなら、俺達は帰りの道で如何にマジャンが失礼で狭量なのかを語ることになってしまう。

トオンもスナエも遠い国へ婿入り嫁入りすると道中で語っていたのだし、態々《わざわざ》醜態をさらすこともないだろう。一応こっちもアルカナの軍勢が多くいるが、これはあくまでも宝の護衛である。誰がどう考えたって、これだけ遠征して一国を攻め込んだりできないので、割とすんなり受け入れてくれるはずだ。

「トオン様～～スナエ様～～！」

「おお、よく来てくれたな！　出迎えご苦労、これでようやく気が抜けるというものだ」

「よくぞ、よくぞお戻りになりました！　これより先は我らマジャンの精鋭がお守りいたします！」

騎乗していた軍の責任者らしき人が、トオンに対して歓喜しながら駆け寄ってきた。

それに合わせる形で多くの軍勢がアルカナの護衛に回ろうと配置を始めている。

「皆、息災であったか」

「……その件に関しましては、道中で『ゆっくり』と」

「……そうか、ではこれが目録と手紙だ。早馬で『弟妹』に渡しに行ってほしい」

それにしても、周囲からの尊敬の念がすごい。

王気を宿していないとはいえ、さすがは国一番の剣士。軍人からの敬意も半端ではなかった。

「……承知いたしました、トオン様、スナエ様。そちらの方の紹介をしていただけませんか？」

「ふ、私の妻になる女性と、その父だ」

「私の夫になる男だ、失礼のないようにな」

「おお、そうでしたか！　では誠心誠意守らせていただきます！」

一応、既に近隣の国から連絡が行っていたらしい。それでも礼儀として確認し、喜んで護衛をしようとしている。

「……どうやら、貴殿の国は思った以上に優れているようだな」

「お褒めに与《あずか》り恐縮です」

お父様は、ドンジラで聞いた言葉が誇張ではないと察していたようだ。

態々『ゆっくり』と言っていたし、慌てて帰ってくるなと釘を刺されているのだろう。

つまり、実際に王様に何か起きていて、しかし国家としては揺らいでいないということだった。

「本当に……自慢の弟妹です」

トオンは父である王に何か起きた時、国にいなかったことを恥じていた。それはスナエも同様である。

×　×　×

「改めまして、トオン様、スナエ様の護衛を任じられましたマジャンの将軍、アブラと申します。よろしくお願いします」

内々の話がある、ということで俺と祭我、スナエとトオン、お嬢様とお父様とハピネだけがマジャンの用意したアブラと同じ馬車に乗っていた。

アブラという男はやはり彫りが深い顔をしていて、筋骨隆々だった。また、腰には短剣を下げているが、武装らしきものはしていない。やはり、王気を完全に使いこなしているようだった。

彼も王家の流れを汲む者なのかもしれない。というか、神降ろしは王家の秘伝というか国家の秘伝なのだろう。そうじゃないと周辺の国に数で負けるし。

「……ドンジラ王から話は聞いている。父が病床に伏せっているとな」

「さようでございます。王宮の医者も、祈るぐらいしかできず……」

やはり、病気ではあるらしい。

とはいえ、その口ぶりからしてそこまで深刻でもなさそうだった。

「父上の容体は、そこまで悪いのか?」

「意識ははっきりとしておりますし、食欲も全くないわけではありません。しかし、体力も衰える一方で、最近は立ち上がることもままならず……」

「そんな、あの父上が……」

スナエがとてもショックを受けていた。トオンも口には出さないが表情で落ち込んでいる。

そりゃあそうだ、自分の父親が立てなくなって喜ぶ娘は薄情どころではない。

「トオン様、噂では遠国の癒しの技をお持ち帰りになったとか……」

「ああ、専門家を数人用意してもらった。それに加えて、目録にも書いたが蟠桃や人参果もある」

「……え?」

ものすごく素でびっくりしていた。

どうやらマジャンはアルカナより仙術について知っているらしく、アブラは礼儀も忘れて驚いていた。

全く知らない未知の食べ物ではなく、伝説の食べ物なのだから仕方がないのかもしれない。

「し、失礼しました……本物ですか?」

「ああ、私も蟠桃のほうは食べた。効果は保証してもいいが……さすがにこのまま父上に食べてもらうわけにはいかないだろう」

「そうですな……」

「はっきり聞く、今この国は誰が運営しているのだ」

トオンの質問に対して、しばらく迷った後アブラは答えた。

「……ヘキ様です」

「やはりそうか、順当であったな。ヘキであれば、何を心配することもない」

「はい、王は床に伏せる前にヘキ様を直接ご指名し、我らにも一時ヘキ様を主と定めるように命じられました。そしてヘキ様もその期待を裏切ることなく、ご立派に務めていらっしゃいます」

「正式に王が決まったわけではない、か。とはいえ父のことだ、仮に病気が治っても、もはや自分に強者の資格なしとおっしゃるに違いない。そのままヘキが王になるのだろう」

どうやらたいそう信頼されているらしい。少なくともトオンは、ヘキという弟は一国の王にふさわしいと思っているようだった。

しかし、ヘキという王子の補佐を務めているであろうアブラは、確かに不安を抱いているようだった。

「ただ、その……王がお倒れになったことで、国のまとまりが欠け始めておりまして……」

「当然だ、偉大なる我らが父王の代わりがそうやすやすと務まるものか。父王と比べられることもあるだろうが、最初はそんなものだろう」

「……」

「なんだ、他の弟妹がヘキに異論を唱えているのか？　それはそれで弟妹達の正当な権利だ。それを抑えられずして、王になど務まるまい」

「……その、申し上げにくいのですが……お二人のお母上が、その……国の法を変えてでも、トオン様を王に据えるべきではとおっしゃっていまして」

既に聞いていたことだったが、裏が取れると嘆きは深かった。

先ほどまで知らぬふりをしていたトオンは、悲しそうに応じる。

「……そうか。ドンジラのガヨウ王女から聞いていたが、母は本気のようだな」

「……お母上は、貴方のことを不憫《ふびん》に思ってのことかと」

「よい、辛いことを言わせてしまったな。一旦下がってくれ」

恐縮しているアブラ将軍を馬車から出して、トオンはため息をついた。

トオンだけではなく、スナエもものすごく恥ずかしそうだった。忠臣に親の悪口を言わせてしまったことが、どうしようもなく情けないのだろう。

二人の母親の気持ちもわからないではない。第一夫人になって第一子を産んだら王気を継いでおらず、二人目は王気を宿しているけれどもそんなに強くない。

その後の彼女の人生が苦渋に満ちたものだとは想像がつくが、これぱっかりは仕方ないと諦めるべきだろう。

「やれやれ……たわごとならよかったが、やはりそうもいかないようだ。悪い夢でも見る分には楽しいだろうが、付き合わされるほうはたまったものではない」

「おっしゃる通りです、まったく馬鹿なことを」

お父様の嘆きを、トオンが肯定する。

外国のお姫様や王妃の一人が企んでいる程度なら、ああも将軍が深刻に受け止めることはあるまい。

内戦や戦争に発展しかねないと、将軍が本気で危ぶんでいるのだ。

「……スナエ、客観的な意見を頼む。私が王として立つとして、国民は納得すると思うか？」

「全員は賛同しないでしょう、ですが半数ならあり得ます。どちらも、熱狂的に騒ぐでしょう」

「最悪の割合だな……」

しばらく沈黙するトオン。

おそらく、その心中は自らを責めるものだろう。

そんな彼へ、お嬢様は優しく笑って寄り添っていた。

それはもう、楽しそうでいて、しかし慈しんでいるようだった。

国家のために嘆いている彼をこそ、尊重し愛しているようだった。

「兄上、お願いがございます」

そしてそれは、お嬢様だけではなかった。

スナエと祭我、ハピネが真摯に彼を見ている。

「今回の件……母上の説得に関しては、私に任せていただけないでしょうか」

何もおかしなことではない。

トオンの母親は彼女の母親でもあるし、王位継承権に関して言えば彼女も他人事ではないのだ。

だがしかし、尊敬する兄が抱えている難題を、自ら買って出るのは驚きだった。

「スナエ……」

いつまでも自分の後ろを追いかけてくる妹。

そう思っていたトオンこそが、とても驚いていた。

「あらあら、貴方の妹が張り切っているわね。ここは任せてあげるのが、いい兄というものじゃないかしら」

楽しそうに、お嬢様が提案する。成功すればそれでいいし、失敗すればそれはそれで笑うつもりなのだろう。

なんとも性格の悪いことだが、何も間違ったことは言っていなかった。

「……そうだな。スナエ、お前に任せよう。だがもしもの時は、私に頼ってくれ」

「いいえ、兄上。私には頼れる者が、もうおりますので」

毅然とするスナエの脇で、祭我とハピネが真面目な顔になっていた。

「……そうか、では任せたぞ」

お嬢様以外にも、見栄を張らなくていい女性がいる。

それを知ったトオンは、安心して微笑んでいた。

×　×　×

長い長い道だった。俺の人生からすると短いが、長く感じる旅だった。

おそらく、師匠もこの国が興る前にこの土地に訪れて、何か爪痕を残したのだろう。

そんなことを考えながら、俺達はマジャンの王宮に入っていた。

当然、トオンとお父様が先頭を歩いて、その脇にスナエとハピネがいる。他の面々は、その後ろを歩いていた。

もちろん、マジャンの王宮に入るのは初めてである。しかし、ドンジラとそんなに変わらなかったので、感動とかは特になかった。

というか、アルカナ王国一行はピリピリしていた。なにせ、今この国は王位継承権でもめているところなのだから。

お嬢様は上機嫌だが、それはもう諦めよう。

「……よう」

案内された謁見《えっけん》の間。

そこはやはり階段の上に玉座が設置されており、多くの布で飾り立てられていた。

しかし、その『椅子』にではなく、途中の階段部分にふてぶてしく腰かけている若い男がいた。

色男、というよりは豪傑に近い印象を受ける、肩幅の広い大男だった。

「久しぶりだな、兄貴よ」

不遜というべきか、謙虚というべきか。

最も玉座に近い、と主張しながらその椅子に座らないその男は、トオンへ不敵に笑いかけていた。

トオンとその男の間を、周囲の人間は注目している。

謁見の間にいるのは、その男と護衛の兵士達だけではなかった。

おそらく、スナエやハピネの兄妹達や、王の妻達だろう。

重臣らしき者達も並んでいるが、やはり際立って緊張しているのは、その一角だ。

特に、トオンやスナエの母であろう人物の目力がすごい。シェットお姉さんに匹敵する。

他にも、隠れているがトオンに熱烈な視線を送っている面々もいた。多分、外国の姫とかだろう。モテる男はとてもつらい。

「ああ、久しいなヘキよ」

トオンとヘキは歩み寄り、抱擁した。

その関係性に一切の虚偽はない。お互い、とても安心しているようだった。

それは救いであると言っていい。

「国中が沸き返っている。しばらく留守にしていたとはいっても、兄貴の人気は健在だな」

「それというのも、父上の御威光あってこそだ。王家の威信あればこそ、放蕩な王子も許されている」

「放蕩ねえ……はっはっは！　兄貴にはかなわねえ！」

抱擁から握手に切り替えて、互いに強く握り合う。お互い素直に喜び合っていた。美しい兄弟愛である。

それを不快そうに見ている面々もいるが、当人達にとっては意義があるだろう。

「さあて、兄貴を婿にしたとんでもないタマの姉ちゃんを俺に紹介してくれ」

「ああ、もちろんだ……ドゥーウェ・ソペード、私が出会った運命の相手だ」

俺の気配察知能力が一瞬マヒした。

太陽を直視するとしばらく前が見えなくなるように、濃厚すぎる想念が空間を満たしたからだ。

それこそ、その場の全員がわかるほどはっきりと、部屋の中で怨嗟《えんさ》の念が満ち溢れている。

おそらく、トオンに懸想している女性達の『意思』だろう。いやな意思の強さだった。

「ご紹介に与りました、ドゥーウェ・ソペードと申します」

「……すごい肝が据わった奴を見つけたな」

お嬢様は、それでも笑っていた。

とても嬉しそうに、愉悦の笑みを隠していなかった。

国一つ呪い殺せそうな殺気を向けられている中で、歓喜に満ちていたのだ。

その表情を見ただけで、ヘキは逆に尊敬していた。確かに尊敬に値するだろう、俺もしている。

「それから、こちらは私の義理の父になるお方だ」

「私は……アルカナ王国四大貴族、ソペード家の先代当主である。ドゥーウェの父でもある、今回は結婚の約定を結びに参った」

「おお、そうか！　ドゥーウェ殿からは戦いのにおいがしなかったが……その父である貴殿からは歴戦の雄であることがうかがえるな。我が国は戦士を讃える強者の国、軟弱者の家に我らが兄を送れないとは思っていたが、これは無用な心配だったようだ！」

マジャンは男も女も区別なく、強者が称えられる国である。

だからこそ、お嬢様には軽蔑の念が強かった。しかしお父様が前に出たことで、実際に周囲の空気は緩和されていた。

「おい、スナエ」

「は、はい！　ヘキ兄！」

「お前、どのツラ下げて帰って来たんだ、ああ!?」

硬直していたスナエの頭を摑んで、ぶんぶんと振り始めた。

そうか、やっぱり王位継承権があるスナエが国外に出るのは、国家としてまずかったのか。

「父上も、お前の母上も、他の兄妹達も心配してたんだぞ！　無断で出ていきやがって！」

「も、申し訳ありません！」

「きっちり後でシメてもらえ！　まったく……それで、そのスナエの婚約者がお前か？」

話は、祭我に移る。

殴りかかられれば対応はできるが、政治的な挨拶ともなるとできるのか不安だった。

というか、当の本人が一番緊張している。

「はい！　瑞、祭我です！」

「……」

「あの、その……！」

品定めしているヘキに対して、上ずった声で叫んでいた。

緊張しすぎて、大いに焦っている。

「妹さんを、俺にください！」

謁見の間が、静寂に包まれた。

何言ってんだろう、コイツという感じである。

いや、もちろん言わねばならないことではあるが、今ここでヘキに言うことではあるまい。

「ぷふっ、ははははは！　なんだ、純情な奴を連れてきたな、スナエ！　戦士としてはともかく、男としては可愛いもんじゃねえか！」

「ヘキ兄……サイガは決して弱くなど……」

「それは後で確かめればいいだけの話だ。スナエの認めた男、楽しみにしているぜ」

「は、はい！」

まあ実際に強いからな、エッケザックス抜きでも大抵の相手には勝てるだろう。

そういう意味では全く心配がないのだが。

「それにしても……アルカナ王国、四大貴族。ソペードとバトラブなど聞いたこともないと思っていたが……しかし実際に目録や宝物を見て考えを改めた。世界は広い、これだけの力を持った国が遠方にもあるとは思っていなかった。改めて、遠路はるばる我らが国へようこそ！　国を挙げて歓迎させてもらう！」

お父様の雰囲気がやや和らいでいた。ヘキという人が、本当にまともだと確認できて安心したのだろう。

少なくとも失言はないし、王の代理として恥じない振る舞いだった。

迂闊《うかつ》な決定も一切していないしな。

「宴の席を用意している。それまでは客人にはくつろいでいただこう、兄貴とスナエは父王のところへ。婚約者の二人も顔を見せてやれ」

「お待ちなさい」

ぴしゃり、と声を出していたのはやはりトオンとスナエの母らしき人物だった。

王気を宿しているし、スナエに似ているので多分正解だろう。

その彼女の発言によって、謁見の間は空気が変わっていた。

「聞くところによれば、アルカナ王国とやらは癒しの業が発展しており、トオンはその使い手をこの国に招いたとか……それに、万病を癒す伝説の果実さえ宝物にあると」

「はい、さようです母上」

「それならば、その双方を持って王に会うべきではありませんか？」

のっけから飛ばしてるなあ、トオンのお母さん。

まあ下手をすれば自分の息子も娘も他所の国へ行っちまうんだから、慌てても仕方がないのだが。

「きっと、王もお喜びになることでしょう」

「ははは！　大袈裟ですよ、母上！　将軍から聞けば、意識ははっきりしており会話もできるとか！　そんな父の元に医者や薬など持ち込もうなら、老人扱いするなと怒られてしまいます！」

「その通りだ、父も兄貴やその嫁さんの顔を見ればすぐに元気になるだろうし、国を飛び出したスナエを見れば起き上がって叱り飛ばしてくれるさ！」

高らかに笑ってごまかす二人。

二人の仲がいいことをアピールしながら、その上で父王を持ち上げつつ流している。

祭我はその手腕に目を見開いて驚いている。実際、俺達にはできない芸当だった。

こういう時に、素の頭の良さとか育ちとかが出るんだな。

「……そうですか、では私は先に宴の席で待っています。スナエ、私からも後で叱責するので覚悟を。それからトオン、貴方には近隣から姫達が来ています。挨拶を欠かさないように」

「ええ、わかりました」

「……後で参ります」

なかなかどうして、切羽詰まっている。

なんとか優雅に振る舞おうとしているスナエとトオンの母親は、しかし余裕が微塵も感じられなかった。これもまた、気配を読むまでもないことである。

王者

スナエとその婚約者である俺、瑞祭我。それからトオンと婚約者であるドゥーウェは、トオンの弟で実質的な王の代理を務めているヘキと一緒に、王の寝所へ向かっていた。

「悪いなあ、兄貴よ。せっかくいい人を捕まえてきたっていうのに、故郷がこんなもんでよ」

その道中で、ヘキは話を振ってきた。

先ほどまでの話し方と違って、かなり気弱だった。

多分こっちが本音なんだろうけども、いろんな人の前でそれをやるのは無理だったんだろう。

「ヘキ、なぜ謝る。悪いのはすべて私だ。周囲が私を持ち上げようと、やっきになっているだけで、お前に非はないだろう」

「んなことはねえさ。王になろうって男が、国内のことをまとめられてないんだぜ？　それどころか、他所の国からも首を突っ込まれてる。これは舐められてるってことだ」

ちゃんとした責任感を、ヘキは持っていた。

今回のことは、自分で解決するべきだと思っていて、それができていないことを申し訳なく思っているんだろう。

「兄貴達が帰ってくるまでに片づけたかったんだが……まったく、第一夫人ってのは意外と権力を持ってるもんだ」

白旗を上げているわけではないけども、それでも情勢は優位ではないらしい。

「一応言っておくけどよ、兄貴。もしも母親の口車に乗って王になったら、指示していた連中が恩を着せてこようとするぜ。絶対ろくなことにならねえぞ」

「もちろんわかっている。そもそも私は、この国を出るつもりなのだ。王になるなど、冗談にもほどがある」

にやり、とヘキは笑う。ドゥーウェのことをじろじろと見ていた。

ドゥーウェをいやらしい目で見ているというよりも、そのドゥーウェに惚れているトオンのことをからかっているみたいだ。

「なるほど、ベタ惚れってやつか」

「その通りだ。アルカナ王国は、なかなか楽しいところだぞ」

「そりゃあ何よりだ……で、どうするんだ？　無理に兄貴達が頑張らなくていい、俺達が何とかするぞ。元々、俺達から王位継承権を奪うって話なんだからな」

なるほど、そりゃそうだ。

トオンは王様にならないために頑張るつもりだけども、ヘキや他の継承権を持つ人達は、王様になるため頑張らないといけないのだ。

「ヘキ兄、その件は私に預けてもらえませんか」

「……ああん？」

スナエが解決すると言ったら、露骨にヘキは嫌そうな顔をした。

そりゃそうだろう。スナエは勝手にこの国を抜け出したんだし、ある意味二人のお母さんの暴走の原因でもあるだろう。

それに、トオンとスナエだと、信頼感も全然違うと思う。

だけど、だから、俺が出ないといけなかった。

「俺からもお願いします」

スナエに寄り添う形で、俺も前に出た。

「王族の問題に首を突っ込むのか」

「俺は、スナエの男です。スナエのお母さんのことは、他人事じゃありません」

「……」

威圧してくるヘキ。だけど俺は、その程度には屈しない。

あのフウケイさんに比べれば、この人も怖くない。戦っても、負ける気はしない。

「肝は据わってるな、さっきのは猫被ってたわけじゃないだろう。政治はともかく、戦いには自信があるのか」

ヘキが獰猛《どうもう》に笑うけども、やはり怖くない。

それにスナエの味方になると言った男が、弱く振る舞うわけにはいかない。

「ヘキ、やめておけ。サイガはスナエが、実力だけで選んだ男だぞ。お前であっても、到底太刀打ちできる相手ではない」

「……兄貴、そりゃあ俺よりずっと強いってことか？」

「その通りだ。父よりも強いぞ、サイガはな」

トオンが父よりも強い、と言ったことでヘキは少し気を柔らかくしてくれた。

一応信頼してみよう、という気になったのだろう。

「まあいいさ、どのみち兄貴やスナエの結婚する先がどんなもんか、実際に戦って見せてもらうわけだしな」

「そういうことだ。母上もそれを望んでいる。だからこそ、穏便に進めることができるだろう」

この国の王族は、強くないと認められない。

だから王族と結婚する俺も、強くないと舐められてしまう。俺は舐められてもいいけども、スナエが故郷の人に舐められるのは嫌だ。

そのためにも、あのドンジラの王女達に勝てるようにしないと。

×　×　×

話をしていると、すぐに王の寝所に着いた。

王様の寝室だけあって、とても広くて豪華だった。当たり前だけども、ドンジラの王宮の客室よりもずっとすごい。

だけど、そこで寝ている人は、王様とは思えないほど弱っていた。

意識はしっかりしているけども、それでも体は弱っていた。

とても大柄で体格がいい人だったけども、立ち上がるのがつらそうなほど衰えていた。

「ガハハハ！　こりゃあ美味い！」

もう治ってるけど。

もちろん、俺の拙《つたな》い法術で治したわけではない。目録に載せた貢物としての蟠桃を使ったわけでもない。治療に特化した法術使いを寝所に招いたわけでもない。

ひたすら単純に、スイボクさんが道中の保険として渡してくれた、俺達が使う用の蟠桃を俺が隠し持って持ち込んだ。

その蟠桃を細かく切って少しずつ食べさせたところ、国王様は見る見るうちに活力を取り戻していた。

「これが伝説の果実か……たまらんな！」

「親父……すげえ元気になっちまってまあ……」

ここまで劇的に回復するとは思っていなかったらしく、ヘキはとても驚いている。というか、俺もトオンもスナエも驚いた。

改めて、スイボクさんは何でもできるんだなあと感心してしまう。

「で、まだあるんだろう⁉　もっと持ってこい！」

「父上、食べ過ぎるとかえって毒です。この程度にしておきましょう」

「ああ、その通りだぜ親父。もうばっちりじゃねえか」

「おお、見るがいいこの腕を！　もうそこらの大木を引っこ抜けそうだわい！」

病気が回復して、大笑いしている。スナエ達のお父さんで、マジャン王国の王、マジャン＝ハーン様。

トオンの手柄にしないように内緒で蟠桃を食べさせて、自然回復したことにする作戦だったけども、そんな演技ができそうな人じゃなかった。

「こんなに元気いっぱいになるとはなあ……早計だったか、兄貴」

「そう言うな……私も驚いている。伝説にあった万能薬の効能に、偽りなかったな」

「今ならお前達の兄妹をさらに増やせそうだわい！　十人は行けるぞ！」

そうか、これぐらい元気がないとハーレムの長は務まらないのか。

トオンに対してもそうだけど、やっぱり本物は違うんだなあと納得していた。

「大人しくしてくれ、親父。その約束だっただろうが」

「しかしだなあ、たぎってたまらん！　寝ていた鬱憤をどう晴らせばよいのだ！」

「鍛錬でもしてろよ……とにかく、兄貴が帰ってきたんだ、国内の問題を一掃したい。これは王位継承権がある兄弟全員の総意だ」

「そうだったな。スクリンめ……馬鹿な真似を」

スクリン、というのはスナエとトオンのお母さんの名前だ。

自分の妻が国を割ろうとしていることに、ハーン王はベッドの上で座って、ため息をついていた。

「とはいえだ……その前にまずは礼がある。ドゥーウェ殿、余の病を払う滋養の果実、誠に感謝している。この度は国家の恥のために骨を折ってもらった、この恩は必ず返す」

「あらあら……殊勝な。でも『お父様』、トオンをくださるのであれば、今の感謝で十分ですわ」

「いやいや、それでは一国の王として申し訳が立たん。息子が随分世話になったようであるしな」

そこまで言ってから、ものすごく怒った顔になった。

本当にいきなり、スイッチが切り替わったかのように激怒していた。

「スナエ！　王位を継ぐ資格を持つお前が、国を無断で出るとはどういう了見だ！」

「も、申し訳ありません！　父上！」

「このバカモンが！」

お父さんの拳骨が、スナエの頭をぶっ叩いた。すごく痛そうだけども、守れる気がしない。

「それで、貴様がスナエをたぶらかした男か！」

「は、はい！　スナエさんとは真剣な交際をさせていただいております！」

正直、真剣に交際し始めたのは、昨日ぐらいのことだった。それを言ったら、殺されるかもしれないけども。

「当然だ！　そうでなければぶち殺しているところだ！」

こんなおっかない『ぶち殺して』という言葉は聞いたことがなかった。

心臓が止まるほど、激しい怒りがぶつかってくる。

「トオンは筋を通して家を出たが、お前は無断で家を出たのだ！　そのお前が無断で婚約するなど、許されるとでも思っているのか！」

「も、申し訳ありません！」

「スクリンがこうして暴走したのも、本《もと》をただせばお前が国元を離れたからだ！　余にとってはお前など数いる後継者の一人でしかないが、スクリンにとっては唯一の希望だったのだぞ！　そのことをよく考えて反省しろ！」

部屋の外まで聞こえそうな声で、お父さんが怒鳴る。すごい怖い……。

「お前、名は！」

「瑞、祭我です！」

「ドゥーウェ殿に関しては全面的に許すが、お前は別だ！　余の完治が周囲に示せるようになれば、我が爪と牙を刻んでやるわ！」

言われるだろうとは思っていたけど、実際にすごい言われてしまった。俺もスナエも、一切返す言葉がない。

「……それで、ヘキよ。お前はスクリンに対してどうするつもりだ？」

言うべきことを言い切ったみたいで、お父さんは政治のことを話し始めた。

確かにスナエや俺のことを怒鳴るけど、国の一大事を放置もできないみたいだ。

「向こうが勝負を吹っかけてきた時に、公衆の面前で倒すつもりだった」

「だった？　今は違うのか」

「ああ、スナエがやりたいらしい。結婚相手の格好いいところを、俺達に見せたいんだと」

「あ？　トオンじゃなくて、スナエがか？」

やっぱりお父さんも、スナエが何かを提案したのは驚きのようだ。

だけどその意外そうなお父さんの前で、王女の顔をしたスナエが話をする。

「アルカナ王国から来た選りすぐりの猛者《もさ》達の戦う相手を募集すれば、母上も乗ってくるでしょう。ヘキ兄達に挑戦するだけの実力があると、国民に示すことができますから」

「ほう」

ガヨウ王女の言い方だと、数人の王女がトオンのお嫁さんになって、トオンの代わりに戦うつもりらしい。

その王女様達と俺達が戦って勝てば、目論見は潰せる。

もしも俺達が負けたって、その時はヘキ達が戦えばいいだけだ。

マジャン王国としては、損なんてない話だと思う。

「確かに悪くねえ。しかしスナエ。自信はあるか。王の前で戦わせられるだけの、実力はあるのか？」

「問題ありません。絶対に勝つでしょう」

「自信満々だな……スクリンが連れてくる女達は、全員お前よりも強いぞ。手加減抜きの神降ろしの使い手に、他の術の使い手が勝てるのか？」

「……ヘキ兄、父上。私が持ち帰った教訓とは、正にそれなのです」

スナエもトオンも、神降ろしと影降ろししか知らない。それでも自分達が強いと信じているから、俺達のことを心配している。

でもそれは、間違いだとスナエは知っている。

「私は国を出て、多くの出会いや戦いに遭遇しましたが……あることを痛感しました。王気と、神降ろしの限界についてです」

お父さんとヘキは父や兄としてではなく、王や王子としてスナエの話を聞いていた。

今のスナエは、王女として話しているからだ。

「確かに王気は強く、神降ろしは強く、王族は強い。私のような王族の中で未熟とされるものでも、殆ど負けることはありませんでした。ですが……私は痛感しました。このままでは近隣諸国も淘汰されてしまうと」

次にスナエが言ったことは、俺もトオンもびっくりすることだった。

「我らが習得している神降ろしは、つまりは『影降ろし』や『凶憑《まがつ》き』に勝つための技なのだと理解したのです」

言われてみれば、その通りだった。俺も神降ろしをある程度しか使えないけど、それで苦労したことはない。スナエのように神獣にならなくても、アルカナ王国やドミノでは十分活躍できた。

最大強化は消耗が大きい、それだけしか使わないのは不合理なんだ。

「もちろん、王の威光を示すためや、祖霊に近づくという意味もあります。ですが、世界は広い。影降ろしや凶憑き以外の使い手と戦うには、既存の神降ろしでは限界があると感じました」

「……なるほどな、他の術は知らんが、影降ろしや凶憑きと戦うことに尖りすぎているのはある。お前もいいことを言うようになったな。この近くの国から攻め込まれる分にはともかく、アルカナだとかその周辺が遠征してくれば、勝てないかもしれないってか」

「……確実に負けます」

病気から復帰した自分の父親に、とてもつらいことを言うスナエ。

でもそれが正しいと、スナエは信じていた。

「これはただ母上の野心を食い止めるだけではなく、国家百年の計だと思ってください」

「お前がそこまで言うとはな。旅でしっかり成長した証拠か」

不敵に笑いながら、膝をパンパンと叩くハーン王。

それに対して、ヘキも腹をくくったのか拳を作ってスナエの胸を叩いていた。

「でけえ口叩いたんだ、しっかり全勝しろよ！」

「……はい、私にお任せください」

×　×　×

その話を終えた後に、俺とスナエは、トオンとドゥーウェの二人と別行動をとった。

トオンとドゥーウェは、ヘキと一緒に王位継承権がある兄妹へ説明に行くらしい。

その一方で俺達は、トオンとスナエのお母さんである、スクリンさんのところへ行った。

できることなら、説得して諦めてほしいのかもしれない。

でもそれは、部屋に入った時の一言目で、駄目だとわかってしまった。

「単刀直入に言うわ、スナエ。トオンを説得して王になるように言いなさい」

絨毯の上で寝転がっている、自信たっぷりに笑う人。

この国の王の第一夫人であり、王気を宿す女性達の中で頂点に立ったマジャン＝スクリンさん。可愛い名前だし昔はその名前にふさわしかったとは思うのだが、さすがに二人の母なので可憐さは残っていない。

「お断りします、母上。私は兄が王になるべきではないと思っています」

綺麗な人だったが、怖い顔になる。

その怖い顔は、スナエが怒った時とそっくりだった。

「いいのかしら、スナエ。私に逆らって、そこの男と結婚できるとでも？」

「どういう意味ですか？」

「本当に、その男をハーン王と戦わせていいのかと言っているのよ」

ものすごい得意げな顔をしていた。ぐうの音も出まい、という顔だった。

つまり、俺が弱いと思っているみたいだ。

まあ、そう思われても仕方がない。山水もそうだけど、正蔵を含めて切り札達はぱっと見そんなに強そうじゃない。侮られても仕方がないだろう。

俺の場合、顔に引っかき傷もあるし。

「いいのかしら、それだけ惚れ込んだ男をハーン王と戦わせて。ハーン王が全快するのは遠くない。トオンが持ち帰った癒しの業と伝説の果実があれば、それは遠くないこと」

もうハーン王が全快していることは、さすがにまだ知らないらしい。

まあ知っていてもしょうがないし、これに関してはこっちが騙しているので仕方がない。

それにしても、可愛そうなぐらい滑稽な人だった。いろいろ空回りしすぎている。

それでも表情が怖いから、俺は自然と委縮してしまう。それがかえって演技になっていた。世の中、何がいい方向に転がるのかわからない。

「……」

「スナエ、貴女にはもう期待していません。貴女は惚れ込んだ男と遠い国で添い遂げればそれでいい。トオンを全力で説得しなさい、泣き落としてもいいわ。そっちのほうが優しいあの子には効くでしょうね」

「呆れましたね……そうも兄上を動かしたいのであれば、ご自分で諭すべきなのではありませんか？」

「もちろんそうします。ですが、できる限りのことを尽くします。打てる手はすべて打つ、それが獅子搏兎《ししはくと》というものです」

その目は、正に肉食獣。獲物を捕らえたハンターだった。

「狩りとはそういうものでしょう？」

「母上……おっしゃる通りです。ですが、それは獅子が兎を捕らえる時に行うもの。つまり狩りの場合の話です。王が強者を討つ時には不相応というもの」

スナエは全く動じていなかった。多分それが、お母さんの癇《かん》に障ったようだ。

「……何が言いたいの？」

「母上、貴女はこの国の女性の頂点に立つお方です。地位も、それを維持するための力も、どれもまぎれもなく最強。貴女こそ父上にとって第一の女なのでしょう、娘としてのお世辞を抜きにしても、尊敬しております」

多分本当に、スナエはお母さんを尊敬している。

でもだからこそ、こんな無茶は止めてほしいみたいだ。

「兄上が遠い国に婿入りすると聞いて、落ち込む国民は多いでしょう。ですが、あれだけの宝物を乗せた軍勢が並ぶのです。アルカナ王国が、兄上を異人として不遇に扱うと思う者は少ないはず。兄上がそのまま希望通りにアルカナ王国へ婿に行けば国民は悲しむだけで済みます」

「……それを、貴女は仕方がないと諦めるの？」

「兄が王になると立てば、国民の半数は確実に賛成するでしょう。これも妹としての目を抜きにしたことです。しかし、国民の半数もまた強烈に反対します。王とは最強の者であるべきだ、という考えを持つ者達が強硬に反対します。そして……争いになるでしょう。それだけは絶対に避けねばなりません」

それは、俺にもわかることだった。

『トオンがアルカナに婿入りすると、マジャン国民は悲しむ』

『トオンがマジャンの王になると、マジャンは内戦になる』

『それならアルカナに婿入りするべきだ』

スナエはそう言ったが、割と直球でお母さんへ苦言を呈したのだ。

つまり……トオンを王に据えたいのは、お母さんの我儘《わがまま》であり、そんなことで国を割るなと言ったのだ。

「スナエ……大きな口を叩きますね」

「母上こそ、わかっているのですか？　このままではヘキ兄だけではなく王位継承権がある兄弟全員と争いになります。下手をすればマジャン王家の血が絶えるのですよ」

「そうならぬように、私が手を打たないとでも？」

「では、兄上に懸想している各国の姫を集めていることにはどうお考えですか？　助力には対価が必要です。この国を切り分けて差し出すつもりですか」

お母さんは苛立っていた。

一目見てわかるぐらい、イライラしていた。

「母上……兄上に王の器量がないとは言いません。しかし、兄上を王に据えるために流れる血は、兄上が王になったところで戻ってきません。そもそも王の女ではあっても王本人ではない母上に、王位継承に関して口を挟む資格はない。貴女が女王なら、父上を倒していたなら話は別でした。ですが……父上に挑まなかった貴女が、王の女であることに甘んじた貴女が、今更王の真似事とは……」

この国の王位継承に関しては、事前にトオンからある程度聞いている。

基本的に、王になるには前提として王気が必要だった。既に王になっている者に王気を宿す者が公の場で挑み、正々堂々勝利する。それによって周囲からも王として認められる。

その理屈で言えば、スナエのお母さんにも王になる権利はあった。

お母さんは、まずそれを諦めている。それをスナエは、強く指摘する。

「王位継承権争いから逃げた貴女に、言えたことですか」

「……母上、それを言うのなら、兄上には最初から資格がなかったのです」

「私が、私が、トオンに王気を持たせてやらなかったことが悪いのですか！」

スクリンさんは、怒っていた。

ただ苛立っているんじゃなくて、負い目を感じているようだった。

皮肉だけど、俺にもわかる。このお母さんは、本当に息子であるトオンを愛している。

「それは違います。ですが少なくとも、兄上は貴女が悲しむことも承知でこの国を去りました。それが兄上の決心だと何故わからないのですか」

「もちろん知っています。あの子の母です、わからないわけもない」

うっとりとした顔で、お母さんはトオンのことを話す。

「あの子は優しいのです。己がこの国にいることで、要らぬ諍《いさか》いを生むことを忌避しているのでしょう」

それ以外の理由など考えない。疑問にも思わず、想像も巡らせないのだ。

トオンが極めて個人的な感情で国を去ったとは、言われても信じないだろう。

俺はトオンの気持ちがわかった。この愛は、重すぎる。

「母上……それがわかっているのに、何故兄上を国の王座に据えようなどとするのですか。余計な争いそのものでしょう！」

「あの子は王になるべき子でした。第一の妻である私の子であり、王にとって最初に生まれた子であり、何よりも……あの子は完璧な子です。あの子以外が王になるなどあり得ない。あの子が王になれないならば、それは国の在り方が間違っているのです」

スクリンさんは、ゆっくりと手を上げていった。

「スナエの想い人……貴方に教えましょう。王気を宿す者達は、寝所も大きいのです。それは巨大な獣となって互いを貪り合うため……つまり、ここは王気を宿す者が全力を発揮することができる場所なのですよ」

スナエのお母さんは、掲げた手の指を曲げた。それは露骨に、自分の手の者に対する合図だった。

「……？」

スクリンさんは、一向に何も起きないことに驚き、何も反応できずにいた。

スナエは少し驚いた顔で、俺を見ている。そう、俺がやったことだ。

今スクリンさんが合図をした相手は、もう倒れて動けない。

「この王宮は王気を宿す者が全力を発揮できる場所、それが寝所であったとしても、ですか。

それは怖いですね……発揮できればの話ですが」

予知能力があれば、相手がどこに隠れているのかすぐにわかる。

あとはそこに向かって、酒曲拳を使えばいいだけだ。

「……何をしたのです」

「大したことはしていませんよ。王気を宿す者達も、倒れているだけです」

神降ろしを発動させた後なら、少しは抵抗できるかもしれない。でも潜んでいる時に逆に不意打ちできれば、それで十分だ。

「なるほど……妙な術が使えるようですね。ですが後悔しますよ、スナエ……」

「そう思うのであれば、せめてその顔に余裕を持たせるべきです、母上」

苦々しい顔をした母親を背に、俺達は部屋から出た。

まさかお母さんの寝所を荒らすわけにもいかなかったし、そもそも酒曲拳はあんまり得意じゃない。晒しても問題ない手札だし、一番穏当に済んだだろう。

「サイガ……どう思う?」

「負け惜しみだったな……正直気分が良くない」

「違う、そうではない。母上には……何かあるのかもしれない」

その言葉を聞いて、俺はスナエの顔を見た。

それは俺の強さの一端を見せたことによる余裕ではなく……怪訝《けげん》そうな顔以外の何物でもな

かった。

「いいや、確実に何かある。あとで相談しなければならないぞ」

勝算

「そういうわけなのです」

「なるほど、それは確かにおかしいな」

戦闘する予定のテンペラの里の五人と、俺と山水。

それに加えてスナエとトオンで会議をする。

もうすぐ歓迎の宴があるんだけどもどうしても気になったスナエが皆を集めたのである。

「母上は、そろえる手勢が、ヘキ兄達に絶対勝てると思っているようです」

「ご自分で戦うのならまだしも、他国の王女達にも全幅の信を置くとは……はっきり言って不自然だな。母上らしからぬことだ」

何が不自然なんだろうか。初対面の相手なので、察することができない。

と思っていたら、山水は『ああ……』と察しているようだった。

「なるほど……」

「黙っておけ、サンスイ。お主もスイボクから正解を教えすぎるなと言われていたであろう」

答えを言おうとした山水を遮って、俺のかついでいたエッケザックスが人間の姿になる。

政治には首を突っ込んでこなかったエッケザックスだけど、戦うことと関係があると考えたのか、俺を厳しい目で見てくる。

「よいか、我が主よ。お主には決定的に欠けているものがある。それは、洞察力と想像力じゃ。フウケイと戦った時も判断を誤りスイボクに救われる形になったであろう」

確かにフウケイと戦った時にトオンは死にかけて、俺はそれをどうにもできなかった。

相手が縮地《しゅくち》を使えると知っていたのに、それが頭から抜け落ちていた。

「とっさの判断力を、読みを養えと言われたであろう。普段から自分の頭を動かせ」

すごいなあ……強くなっているのに、ちっとも褒めてもらえない……。人間的に駄目出しされてばかりだった。

いいや、それだけ俺にいろいろと問題があるのだとは知っているのだけども。

「あ、あの～もしかして、その……」

そう言って怯えながら挙手したのは、テンペラの里の一人だった。

というか、ラン以外の四人は全員怯えている。

「もしかして……『切り札』と同じような人が、向こうにもいるのでは……」

そうか、それはそうだ。確かにその可能性を全く考えてなかった。

確かにそういうのがいるのなら、勝てると確信してもおかしくない。

「それはない」

「そこで止まれ」

トオンは、はっきりと言い切っていた。なぜ言い切れるのだろうか。

わからない俺を察したのか、エッケザックスは俺が考えるまで止めていた。

しかし、何を根拠にそれはないとトオンは言ったのだろうか？

「……仕方ない、このまま黙っていても話が進まぬ。我が主よ、お主は頭を重点的に鍛えねばならぬな」

「では、続けるが……その怯えが答えだ。仮に母の元に切り札のようなものがいれば、サイガを侮るなどあり得ない。君のように、まず懸念して怯える。間違っても軽く見るなどあり得ない」

それはそうだ……俺は確かに強そうに見えないから、スクリンさんから軽く見られても仕方がないと思っていた。

しかし、それは先入観だ。俺を軽く見ているのだから、俺や山水みたいな神から力を与えられた奴はいないんだろう。

「それに、公の場で力を示すのはあくまでも私との婚姻を希望している女性達だ。彼女達が自分の手で戦うからこそ、私の弟妹達に勝利した場合に正統性が生じる。私達相手には意味があっても、肝心の本番では意味がない」

「だからこそ、サイガやスナエへの脅しにこそ切り札は切るべきだった。にもかかわらず、王気を宿す者を使った。それはつまり、母上の陣営には切り札がいないのだ」

「なるほど……」

テンペラの里の子も納得しているし、俺も納得していた。

「じゃあフウケイみたいな仙人がいるとか……」

また別のテンペラの里の子が発言する。どんどん意見されるが、俺はちっとも思い浮かばない。エッケザックスや山水からの視線が痛い……。

「それもないな。私が王国に持ち込んだ宝物を、母上は確認していた。真偽はともかく、宝貝も蟠桃も隠すことなく記載している。つまり、こちらに仙人がいると察することはたやすい。にもかかわらず完全に無警戒なのだ、仙人はいないだろう」

俺達切り札よりも強い存在、それが仙人だ。

敵にいたら、それこそ山水でも勝てないかもしれない。

だが、それもないらしい。

「じゃあ……八種神宝《ヤクサノカンダカラ》みたいなものがあるとか？」

やっぱり別のテンペラの里の子だった。

おかしい、なんですらすら出てくるんだろう。

「それもないのう。今のところ八種神宝は、すべてドミノとアルカナが独占しておる。加えて、この世界に我らに匹敵する道具はない」

よく考えてみると、この世界にあるスーパーレアアイテムは全部アルカナが独占しているようなものか。よく考えてみると、とんでもない話だった。

「祭我様」

「う、わかってるよ……」

山水からの視線が痛い。よく考えればわかることだろうに、という視線だった。

神から力を与えられた者はいないし、仙人もいないし、エッケザックスみたいな武器もない。

それでも、スクリンさんは勝算があると思っている。

各国の王女が集まって、これから直接この国の王位継承権を持つ者と戦う。

替え玉もきかないし、神降ろしは全力を発揮すると武器を使えない。となると……。

「ドーピングか？」

「半分正解です、祭我様」

どうやら半分正解ではあるらしい。褒めてもらって嬉しいような、そもそも褒められていないような気もしていた。

「エッケザックス、おそらくですが他者を強化できる『希少魔法』があるのでは？」

「うむ、ある。助威《じょい》と呼ばれる力を持ったものがあやつる、巫女道《みこどう》と呼ばれる『希少魔法』じゃな」

……思ったより普通だった。そうか、未知の希少魔法があって、なんかの方法でスナエのお母さんはそれを確保したのか。

金丹《きんたん》や蟠桃のようなドーピングではなく、補助魔法による支援か。なるほど、それなら確かに条件を満たしている。

「スイボクと共に旅をした時には、その技はこの近辺にはなかった。しかし、あれから二千年以上たっておる。であればその後この付近で成立しても不思議ではない」

「……あの、どんな術なんですか？」

「テンペラの里の者であれば知っているはずじゃぞ、伝血《でんけつ》を持つ傀儡拳《くぐつけん》がそれじゃ」

テンペラの里の子の質問に対して、エッケザックスはあっけらかんと答える。

それに対して、ランを含めて同郷の全員が驚いていた。

「そんな、傀儡拳が他人を強化する拳法!?」

「あれは他人の体を操って妨害する拳法ではないのですか!?」

「伝血にそんな効果があったとは……」

「そんな使い方があったなんて……」

というか、テンペラの里では支援魔法も拳法に昇華されるのか、世の中わからんもんである。

「何を言っておる、アレを見た時スイボクでさえ『その発想はなかった』と驚いておったぞ。テンペラの里がおかしいのじゃ」

エッケザックスが呆れている。確かに補助に使える術を、格闘技に活かすのは少しおかしい。

「助威は離れた他者に対して、力を注げる力じゃ。傀儡拳ではそれを相手の一部に対して行い、動作を乱れさせる拳法として昇華させておったが……本来は支援のためにある力であると言える。旧世界では竜の餌と呼ばれておったがな」

なんか気になるワードが出てきたような気が……。

「単に力を供給されるだけだからといって、甘く見てはいかんぞ。巫女道によって支援を受けた迅鉄道《じんてつどう》の使い手は、我を持っていたスイボクの片腕を千切ったほどじゃ。如何に迅鉄道の使い手が戦闘に優れているとはいえ、スイボクも瞠目《どうもく》しておったのう……まあ返り討ちじゃったが」

……なんか、ランは嬉しそうだけど他の四人は青ざめている。そりゃそうだ、スイボクさんの腕がもがれたとか、想像を絶するしそんなのとは戦いたくないよな。

「ちなみに、猛威《もうい》によって発揮される迅鉄道は、テンペラの里では牙血《がけつ》を宿す者による動輪拳《どうりんけん》と呼ばれておる。知っておろう？　大分使い方は違ったがな」

改めて考えると、スイボクさんって主人公補正の塊のような人だったんだな。

今みたいにでたらめに強くなかったとしても、それでも勝ち続けたんだもんな。

「あの……大丈夫なんですか⁉　王気による神降ろしって、ただでさえ強いのに⁉」

「巨大な獣になれる相手を、更に強化されたら……私達は勝てるんでしょうか……」

「助威……伝血……傀儡拳にそんな使い方があったなんて……」

「ランやサイガ、サンスイはともかく私達が勝てるんでしょうか？」

テンペラの里の四人がとても不安そうにしていた。

確かに、ただでさえ神降ろしは強いのに、それを強化されるとなると俺や山水はともかく、ランでも危ないかもしれない。

「案ずるな、お主達はあのスイボクをして瞠目し感嘆し、全滅させたことを後悔させるほどの実力者達じゃった、テンペラの里の末裔《まつえい》であろう。自信を持つがよい」

全滅させられた時点で、誇りの持ちようがないと思うんだが……。

「普通なら王気を宿す者には勝てぬが、今のお主達にはスイボクが授けた宝貝がある。それに、何よりも我がいる。相手が影降ろしや凶憑きとしか戦うことを想定しておらんのなら、必勝の策を授けることはたやすい」

それは、スナエが自分の父親に言っていたことを、そのまま全面的に肯定することだった。

「本来、ランのように過剰な王気を宿しておらんものにとって、巨大な獣として戦うことは消耗が激しいことじゃ。にもかかわらず、王族はそれを基本としておる。であれば、負けようがない。巫女道による強化など些細なものよ」

今は俺の武器であるエッケザックスは、断言していた。

「勝つべくして勝て！」

それもまた、スイボクさんの教えである。

思惑

マジャン王国やその近隣の各国は、先祖までさかのぼると親戚である。

稀に王族以外の王気を宿す者が神降ろしを用いて王を討ったとしても、大抵の場合前の王の親戚を己の後宮に入れるため王朝は途絶えても血統は残っているのである。

とはいえカプトがそうであるように、特定の希少魔法の使い手が生まれやすい血統とはいっても、全員がその力を継げるわけではない。

三人産んで三人共王気を宿す、ということもある。しかしその一方で、五人産んでも全員違うということもあり得るのだ。

その上、王位継承権の争いで多くの王気を宿す者が倒れることもある。

よって、王が多くの子をなしたとしても、大抵の場合『帳尻』が合ってしまうのだった。

さて、その理屈で言えばトオンは生まれた時から脱落者だった。

不幸中の幸いとして、聖力や呪力のようにマジャンで根付いていない希少魔法の資質ではなく、マジャンに存在している影降ろしの資質である影気を宿していることは早期にわかっていた。

しかしそれでも、トオンは結局血統の脱落者だった。王になる資格はなく、王気を宿している者にはどう鍛えても勝てない定めだった。

とはいえ、王位継承権がないというだけで、トオンは普通に王の長男として愛されていた。なにせ、マジャンの王家とはいえ王気を宿す者が生まれる確率は半々である。ヘキやスナエのように王気を宿した子供も後に多く生まれたが、他にも多くの弟妹は影気さえ宿さずに生まれていた。

残念ではあるが、仕方がない。半々という割合故に、出来損ないだとか穀潰《ごくつぶ》しだとか、そんな心ない言葉をぶつけられることもなかった。

本来であれば、トオンはそれで終わっていた。

いずれかの重臣の娘や妹と結婚して、弟妹達を支える立場になるのが順当な運命だった。良し悪しで言えば十分以上に良しとされる、幸福な未来が彼にはあったのだ。

しかし、トオンは非常にいい男だった。

王気を宿していないトオンは国内の貴人から常に熱烈な視線を受け、稀に訪れる外国の王族も彼に目を奪われていた。

トオンは、まず顔が良かった。母親によく似た彼は、とても整った顔をしていた。

加えて、表情が良かった。王気を宿していないとしても、卑屈さのかけらもない顔には甘い毒があった。

体格も良かった。父親譲りに背が高く、影降ろしと剣術の研鑽を怠らなかったがゆえにがっしりとしていた。

そんないい男が、良い服を着て王宮で自分達を迎えるのだ。これで悪印象など受けようがない。

そうした第一印象が良い上に、彼と語り合っても尚失望させることがなかった。

所作に礼儀があり気品に満ちて、女性の求める気遣いをいつでも満点にこなしていた。

教養があり、もてなしの心を持ち、口を開けば常に女性を喜ばせることができた。

そんな彼である。はっきり言えば、周囲の女性から悪く見られるわけがなかった。

それに、王気を宿す女性達であっても、全員が真剣に兄弟姉妹を蹴落として王になりたいと思っているわけでもない。

王になることを諦めている諸国の姫達が、彼と結婚することを夢見たとしても、一切不思議ではないだろう。

そんな周囲の女性から憧憬の目を向けられている息子を見て、スクリンの心は満たされていた。

なにせ、自分の息子を諸国の女が取り合っているのだ。母親としてはこの上ない優越感を得られるだろう。

自国内でもそうだったが、他国の女がトオンに近づきたくて自分に媚びを売ってくる。それはもう楽しい日々だったに違いない。

しかし、楽しい日々もいつかは飽きる。

積み上げられてくる諸国の女からの貢物を見ていると、スクリンの心にあり得ない想像が浮かんでくることも当然だった。

もしかしたら、自分の息子は王になれるかもしれない、と。

第二子であるスナエは王気を宿していたが、その一方で際立った才覚がなく、他の王族を蹴落とせるとは思えなかった。

別に彼女に非があったわけではないが、これればかりは運が絡むので仕方がなかった。

仕方がなかったのだが、トオンを見ているとそうも思えなくなってきた。

ふと、自分に貢いできた他国の王女にこんなことを漏らしてみた。

『トオンを王に据える、と言ったらどうするか?』

戯れの言葉だった。この時点では本気ではなかった。

しかし、一人目はそれを素晴らしいと思っていた。顔にそれが出ていた。

二人目も、三人目も、四人目も。

トオンに入れ込んでいる女性達は、それは素晴らしいと思っていた。

そうして、段々と支持者が固まって具体的になっていった。

誰もが賛同するのだから、それは素晴らしいことに違いない。

加えて、ただの事実として国民の多くが彼を支持しているのだから、否定する材料もなかった。

だからこそ、たとえ本人であっても許されない。

今更この国を出て他の女と幸せになるなど。

×　×　×

「が、ははは……！」

ぎこちなく笑いながら、マジャン＝ハーンが宴の席に現れた。

心なしか目はぎらついており、異国から帰ってきた息子や娘、その婚約者達ではなく、宴の料理に目を向けていた。

しかし、彼を重そうに支えているヘキが睨んだことで、しかたなく宴の席に座っている面々を見た。

マジャンの宴は、草を編んで作った丸い座布団の上に来賓を含めて全員が座り、床の上に飾り布を広げて大きい平皿に料理をのせて、各々が手づかみで自分用の小皿にとって食べる形式である。

しかし、当然だがどの料理も手でとって食べることを前提に調理している。

例えば肉は葉菜で包んで肉の油で手が汚れないようにしていたり、薄いパンで料理を丸めていたりする。

「今日は良い日だ。遠くへ旅立った息子が嫁を連れて宝と共に帰ってきた。おまけに黙って国を出ていったバカも帰ってきた。実に、実にいい日だ」

豪華な色付きのガラス杯を手にしているマジャン＝ハーンは、その杯の中に入っている度の低い酒に目が行っているが、それでも誰も気にしていなかった。

「病気が吹き飛ぶのも当たり前だ、なあ？」

「ああ、良くなって何よりだ、親父殿。だから良くなるまでは大人しくしてろ、な」

「お、おおう……」

病床の身で代理を任せたヘキに苦言を言われながら、マジャン王は杯を掲げた。

「さあ、宴だ。今宵は酒蔵を空にし、家畜を平らげようではないか！」

この酒が飲みたかった、とマジャン王は酒をあおった。

まるで病人とは思えない、見事な飲みっぷりだった。素人目には彼が病人には思えない、まるで病気が完治しているようである。

しかし、病人であることに変わりはない。一杯飲んだところでヘキはガラスの杯をぶんどり、それを給仕に渡してしまった。

「なあ、そのなんだ、ヘキよ」

「ああ、親父。肉の匂いは毒だろう？　吐き気がして、食欲が失せるだろう？　ここは薬草を混ぜた粥を飲むといい。きっと病気もたちどころに良くなるはずだ、なあ!?」

何かを強要するように、強引に父親を座らせてその前に粥を置くヘキ。

木の深皿に注がれた、お世辞にも美味しそうではない苦みに満ちた緑色の粥。

病人故かなかなか手が付けられない王に対して、ヘキは女官を呼ぶ。

「なあ親父……まだ親父はこの国の王だ。強くあることが、王の務めなんだろうが、なあ？」

「お、おお……はぁ……」

女官に食べさせてもらいながら、ため息をつくハーン。

彼の前には大量の御馳走が並んでいて、それを客や家族が食べている。

食べられないのは自分ばかり、彼は病床の身を嘆いていた。

「スナエ、ようやく帰ってきたわね！」

「どうだったの、マジャンの外を旅した感想は！」

「何よ、この優男は！　こんな男と結婚するの!?」

とはいえ、食事に目が行っているのはハーン王だけだった。

他の面々は、スナエとトオンの帰還に大喜びである。

特に腹違いの姉妹達は、異国から婿を連れてきたスナエの周りに集まり、酒を片手にスナエと祭我をいじっていた。

なにせ、スナエは全面的に王位継承から抜けるのである。トオンの周辺とは違って、何の面倒もない。誰もが気楽に茶化していた。

「ははは……その、スナエさんとは、真剣なお付き合いをさせていただいております」

「お前はそれしか言えんのか、馬鹿め」

しかし、茶化される祭我はそれどころではない。

今まではずっと、ドゥーウェとトオンがそのようにされていたので、いきなり構われていることに動揺している。

「あらあら、いいの？　こんな弱そうなのが結婚相手で」

「どうせ国を出たんだし、お父様には手紙の一枚で済ませとけばよかったのに」

「っていうか、黙って結婚すれば？　王が娘の婿を試さないわけないのに」

スナエの趣味の悪さを茶化しつつ、本気で心配している姉妹達。

この後祭我が、父に殺されるのではないかと、内心ひやひやしているのだ。

「ははは！　お前達、ずいぶんとサイガを軽く見ているな！」

意図していることなのだろう、王の傍らに座るトオンは、普段見せない所作をしていた。

女性を私物扱いするように、隣に座っているドゥーウェの腰に手を回して抱き寄せる。とても下品な所作であり、しかしドゥーウェを守るようにもしている。

そうされているドゥーウェは満足げに微笑み、挑発的な笑みを遠くに座っている一団へ向けてもいた。

彼女の視線の先には、スクリンが招いた他国の王女達がいる。

彼女は今までと変わらず、トオンの寵愛を一身に受けながら、彼に恋い焦がれる者達からの憎悪を一身に受けていた。

「確かに若く見えるし、お世辞にも肝が据わっているとは言えん。場数もまだまだ足りていない。しかし、スナエが父に紹介したいというほどの男だ。そこは察するべきであろう」

そう、少なからずこの場の宴には緊張感があった。

帰ってきたトオンが変わり果てていれば、姫達も見込み違いだったと諦めることもできた。

しかし自分達の知っていたトオンは、そのまま帰ってきた。男も惚れると言われた快男児にして貴公子は、一回りも纏う魅力を増して笑っている。

それが、とても遠い。ものすごく物理的に、座っている席が遠かった。

なにせトオンは第一王子であるし、ある意味主賓である。その彼が父王の隣にいるのは当たり前だし、更にその彼の隣に婚約者であるドゥーウェがいるのも当たり前だった。

そして、トオンが帰国するという報せを聞いて集まっただけの面々がそんなに近くへ行けるわけもない。

「能ある鷹は爪を隠すという。いいや、我が弟になるサイガは爪を隠しているわけではなく、その爪に自覚がないだけだ。あるいは、もっと強い爪を持った鷹を知っているからかもしれんな」

そう言って、憂いのある微笑みを浮かべるトオン。

遠い異国へ旅立った心中、異国で巡り合った多くの人々。そして、それらを祖国に持ち帰った心境。それらはとても複雑なものだった。

「兄弟達よ、世界は広いぞ。世の中には我らの知らぬ強者がひしめいていた。特にアルカナではすさまじいものを見た。正に、夢にも思わぬ戦いを見たものだ」

比喩誇張抜きで天変地異に立ち会ったトオンは、戦いに関してはとても楽しそうに語る。らしからぬことに酒を多く呷《あお》り、顔を赤らめながら上機嫌で旅の土産話を皆に語る。

自分がこれから根を下ろす国で何が起きたのか、語っても信じてもらえまいと思いながら宴の席で笑っていた。

「父とサイガが戦うことで、お前達が心配するようなことなど何もない。そう見えてサイガは、アルカナ王国でも屈指の実力者だ。お前達が束になっても敵《かな》わないぞ」

華があった。

同じ振る舞いを誰かがすれば、ただ嫌味になるか行儀悪く見えるが、トオンがすると華やかだった。

酔った振る舞いをしても、千両役者が演じているかのようで、下品でも堕落でもない。

安い言い方だが、何をしても絵になる男だった。

「父上、病気が治っても全快するまではしばらく牙を向けるのは控えたほうがよろしいかと。万全で挑んで尚不足のない相手ですぞ！」

「そうか……お前がそこまで言うとはなあ……」

強者の王国とはいえ、この場に集った面々は間抜けではない。

トオンがどんな着地点を目指して会話をしているのかなど、誰もが既に察している。

しかし、アルカナ王国の面々も、あるいはマジャンや周辺の国の面々も、彼の振る舞いを見て驚きを隠せない。

言葉の内容から演技だとわかっているのに、あまりにも自然で色気があったのだ。

そこに謀略の濁りはなく、土産話や自慢話の無邪気さだけがあった。

「国一番の、じゃあないってか？　俺はマジャンの国一番だぜ、息子よ」

「アルカナ王国には、並ぶ者なき武勇を持った男達が五人いるのです。サイガが本来並ぶ者なき資質を持った傑物であることは認めるところですが、アルカナにはサイガにも劣らぬ男達が五指分います。正に屈指の実力者と申して差し支えありません」

「ほほう？」

「とはいえ、マジャンでは武勇を示すなら……おっと、私のドゥーウェよ。あの言葉を聞かせてくれないか？」

そう言って、耳元へささやくように己の脇に抱えている女性へ、ねだるように甘えていた。

「……ソペードは武門の名家、武を示せと言われたならば示すのみ」

「そう、その言葉はマジャンにも通じる言葉だ。酒の席で語るにしても、やはり実演した後のほうがいいだろう！　我が弟サイガ、お前はソペードではないが……」

　少し離れたところに座る祭我へ、言葉の先を求める。

　それに対して、祭我は覚悟を決めて頷いていた。

「俺はバトラブの切り札、瑞祭我。ソペードに劣ることなき、アルカナの武門。挑まれたなら応じるまで！」

「然り、だ！　だが弟よ、この場合挑むのはお前で、応じるのが父であろう。もう少し言葉を覚えることだな！」

「す、すみません！　マジャン＝ハーン様！　スナエとの結婚を許してもらうために、挑戦させていただきます！」

　祭我の、王が自分に挑むのだ、ともとれる言葉を笑いながら訂正させるトオン。

　その上で呵々《かか》大笑し、その脇に立つスナエにも呼びかけた。

「そういえばスナエよ。お前はサイガだけではなく多くの武人を連れていたな。どれも見目麗しい、若く瑞々しい女戦士達であったな！」

「はい、私が打ちのめし従えた戦士達です」

「うむ。神降ろしを修めたお前をして、並々ならぬ強敵であったな……ドゥーウェ殿に巡り合う前であれば、手を出していたかもしれん！　……おっと、そう怒るな、我が愛しの君よ！　酒の席の冗談というものだ」

トオンは道化を演じていた。

愛する女性の前で他の女を褒めるという醜態をおかし、尻をつねられて訂正し機嫌を取ろうとする情けない男を演じていた。

にもかかわらず、それでもなお彼は色男だった。

「トオン様……他の女の前で私に甘えすぎないでくださいな。そういうところは、二人っきりの時と決めているでしょう？」

「すまんな……なにせ父もお前を気に入っている、それが嬉しくてなあ……」

「そういえば、私との結婚を認めさせるために、貴方も私のお父様に無理難題を押し付けられたものねえ……」

「男が父親から娘を貰うのだ。当然の覚悟を示したまで……こうしてドゥーウェ殿を祖国の皆に紹介できるのだ、安いものだったぞ」

所謂《いわゆる》、バカップル、新婚さんを演じている。

にもかかわらずトオンは相変わらず理想の王子。誰もが彼を憎むことができず、男は笑うばかりで、女は羨むばかりだった。

そして、ドゥーウェはまさに見せつけていた。

多くの女性達に目を向けて、眼だけで嘲笑を示していた。

まさに悪女、毒婦の振る舞いである。火に油を注ぐ以外の何の意味もない振る舞いだった。

「スナエが己の配下とした使い手達の実力を目にすれば、父上に憑《よ》りついた病の気も吹き飛ぶというもの！　快気を願って御前試合など如何でしょうか？　多くの国の姫もいらしているのです、退屈をさせては名が廃《すた》りましょう！」

「おう……悪くないな。確かに退屈しのぎにはちょうどいい……スナエがただの男を捕まえてきただけじゃないってところを見たいしなあ」

そろそろ、であろう。

そろそろ誰もが目指す地点に、話が落ち着く。

「退屈してんのは親父殿だろうが」

「ヘキ、そう言うな。女も抱かずに酒も飲まず、肉も食わずに寝ているだけ。なあ、それでどんな病気が治るってんだ。肉も食わずに酒も飲まずに、なあ？」

「おうおう……治れば好きなだけ飲み食いすればいいさ。一人寝が寂しいんなら、女を連れて行ってやるよ」

「はっはっはっは！　そうかそうか……約束だぞ」

「いいから」

「おう……」

座布団の上で胡坐をかいていたハーン王が、王として御前試合を組もうとしていた。

「よし……スナエ、お前の連れてきた連中の腕前を見せてもらおうじゃねえか。相手は、そうだな……ヘキ、お前ら兄妹なんてどうだ？　腕が上がったところを見せてえだろう？」

「おう、悪くねえ。これから王位を奪い合う俺達の力を、国を出るスナエや兄貴に見せてやりてえところだしな！」

誘いであり、機であった。

誰もがこの会話の行き着く先を理解していたがゆえに、誰かが待ったをかける時が来ていた。

何よりも発破をかけたのは、トオンの一言であった。

「それは楽しみだ。スナエの揃えた者達の強さは私もよく知るところ。彼女らを王の如く倒して見せれば、妹であろうと弟であろうと、その武勇を讃えて抱擁してやろう！」

「あらあら、強気ねえ……？」

「いいや、アルカナの戦士が強いと言っている！　しかし男に二言はないとも、勝者をこの腕で熱く抱きしめるともさ！」

トオンの意図するところは明確だった。

トオンと結婚したいという面々とスナエが従えた面々を戦わせ、勝つことで自分を慕う者達に王位を継ぐ資格なしと証明したいのだろう。

まず、侮辱だった。王気を宿していない、神降ろしを使えない者に自分達が劣っていると思われるのは。

「しかし、御前試合の大原則は公正公平……明記されていませんが、相手の武装や術理が不明なまま、一方だけが情報を独占しているというのは、些か不公平かと」

「かまうことはない、元より王になろうという者達だ。誰が何人相手であろうと、如何なる武器を身に着けていようと、体一つで追い返してこそ王。凱旋中に襲われたとしても、あっさりと退けねば王として不適格。そういう意味では……そろそろ引退を考えるところだな」

加えて、魅力的だった。

トオンが抱擁するという、その言葉がとても魅力的だった。

だからこそ、スクリンは動いていた。

「ハーン王」

「おう、どうしたスクリン」

「その御前試合、私の推挙する者達でもよろしいでしょうか」

マジャンでは、まず王が立つ。ある意味絶対君主とも言えるほどに、王には絶対的な権威がある。

これに次いで、王位継承権を持つ王子や王女達が並ぶ。もちろん王になった者にはいつでも挑戦を受ける義務があるが、それでもそうそう起きることではない。よって、基本的には王子達や王女達の権威が強い。

つまりは、王と同世代でありながら王に挑まなかった妃達の地位は、とても低い。

息子や娘が父に対して同等に近い言葉を公の場で使っても許されるが、妻達は敬語を使うのが当然だった。

もちろん、形の上ではあるのだが。

「スクリン、お前が、か？」

「はい」

「ふうむ……まず、わかっているんだろうが」

スクリンが誰を推薦するのかなど、誰もがわかり切っている。

だからこそ、腹芸ではあるが言質をとるのだ。

というよりは、聞いて当然のことを聞くだけである。

「余の前で試合をするんだ、半端モンは許せねえ」

「はい、問題ありません」

「んでもってだ、死んでも文句は言えねえんだぞ？」

「それも、覚悟させましょう」

「やるからには、負けることもあるだろう。勝ったとしても恥をかくこともある。恨みは残さねえか？」

「ハーン王の快気を願っての御前試合、決して苛立たせることなどさせません」

まず強くなければならない。

次いで命を落とすことも覚悟させなければならない。

何よりも、恥を塗り固めた勝利も許されない。

よその国の戦士がどうあったとしても、この国の神降ろしの使い手はそうでなければならないのだ。

それを確認した上で、ならばと王も器量を見せた。

「そういうことなら歓迎だ。お前は他所の国にも顔が利いただろう、ドンジラだろうがバイガオだろうが、好きなだけ声をかければいい。まあ俺の病気が治るまでに呼べれば、だがな」

仮にも二人も子供を産ませた相手である。王もきちんと覚悟へ応えた。

外国の者を参加させることを、きっちりと許したのである。

「数は……そうだな、七人対七人の対抗戦だ。アルカナ王国からやってきた者達と、王気を宿す者達の戦い、ということにするか。構わないだろう、沈黙を守っていたソペードにバトラブよ」

「無論だ、ソペードからも戦士を出す」

「も、もちろんです！　バトラブも武門の名家ですから！」

「よしよし、そうでなくては面白くない！　ヘキよ、国民に伝えろ。この場の全員が聞いた約定の下で、俺の前で戦うとな」

薬草の粥が入っていた深皿に酒を注ぎ、飲み干そうとするハーン王。

「おう、わかったぜ。きっちりやっとくから養生してな」

それを奪って飲み干すヘキ。

かくて、祭りが開催されることになった。

酒の席で決まったことではあるが、和気あいあいには程遠い、あまりにも思惑の絡みすぎた茶番であった。

前夜

ハーン王御前試合
トオン王子とスナエ王女の帰還を祝い、ハーン王の快気を願って試合を催す。
場所　王宮前決闘場
約定　一
アルカナ王国の精兵と、神降ろしの使い手で対抗戦を行う。
約定　二
アルカナ王国側の戦士へ試合前の詮索を禁じる。
約定　三
王気を宿す者は武装を禁じ、宿さぬ者はあらゆる武装を許す。
約定　四
神降ろしの使い手は第一夫人である、マジャン＝スクリンが決定する。
約定　五
参加者は強者でなければならない。
約定　六

参加者は死を恐れてはならない。
約定　七
誉れ高き勝利以外は認められない。
約定　八
マジャン＝スクリンは、マジャン王国以外からも選手を選ぶことができる。
約定　九
マジャン＝スクリンはハーン王が快気するまでに参加選手をそろえなければならない。
約定　十
アルカナ王国の戦士は、ソペード家とバトラブ家の双方から出す。
約定　十一
七人対七人であり、勝者が多い陣営を勝ちとする。

×　　×　　×

マジャン＝スクリン推薦戦士
第一戦士　シヤンチ＝エンヒ
第二戦士　シヤンチ＝ケスリ

第三戦士　ドンジラ＝ガヨウ
第四戦士　デイアオ＝ヒンセ
第五戦士　デイアオ＝ウトウ
第六戦士　マジャン＝トレス
第七戦士　バイゴウ＝シヨキ

アルカナ王国代表戦士
第一戦士　マジャン＝スナエ陪臣　四器拳　ヤビア
第二戦士　マジャン＝スナエ陪臣　爆毒拳　スジ
第三戦士　マジャン＝スナエ陪臣　酒曲拳　カズノ
第四戦士　マジャン＝スナエ陪臣　霧影拳　コノコ
第五戦士　マジャン＝スナエ直臣　銀鬼拳　ラン
第六戦士　マジャン＝スナエ婚約者　瑞　祭我
第七戦士　ドゥーウェ・ソペード直臣　白黒　山水

×　×　×

かくて、俺が七番目となる形で、試合が組まれた。

理想を言えば、七戦七勝。完全勝利によって、トオンを担ごうとしている者達の鼻を折りたいところである。

仕損じれば内戦に発展する。それを防げるという意味では、戦争で手柄を上げるよりも意味があるだろう。

「サンスイ。貴方を最後にねじ込んだのは、ソペードの部下が一人しかいないからよ。ブロワがいたら初戦で投入したかもしれないわね」

「ブロワなら、勝てたでしょう」

今俺は、お嬢様と一緒に王宮の中を散歩していた。夜ではあるのだが、気候が温暖なので過ごしやすい。お嬢様はこの国の高貴な方が着るベール状の薄いドレスを着ていたが、やはり似合っていた。

そんなお嬢様に気付いた周囲の人達は、おどおどして離れていく。なにせ、お嬢様は多くの姫から狙われている。そりゃあ近くにいたくないだろう。

「そう……連れてくればよかったわね。そうすれば、貴方も寂しくなかったのじゃないかしら?」

「お戯れを……ブロワはもう戦いませんよ。その任は解かれたはずです」

そう、ブロワなら神降ろしが相手でも大体勝てただろう。

一線は退いたが、今でも十分強いに違いない。

しかし、もう彼女には戦う理由がない。幼い頃からの奉公が認められて、寿退社をしたのだ。だから、たとえ勝てる相手だったとしても、試合だったとしても、彼女はもう戦わなくていいのだ。

ブロワは天才だったが、戦うことを望んでいたわけではない。だから、これでいいのだ。

「そうだったわね」

「はい」

「思えば、貴方とも随分長い付き合いになったわね。出会った時のことを、今でも思い出すわ
……本当に全然変わらないわね」

「成長しない身で、恥ずかしく思います」

ブロワもお嬢様も、随分成長した。もちろん一番成長しているのはレインではあるのだが、二人も出会った時とは全然違っている。少女が女性になったのだ、六年はとても長い。あるいは、短いのかもしれないが。

「一時は貴方と結婚しようかと思ったこともあったけど、その矢先にトオンに出会えたもの。やはり世界は私を中心に回っているのね」

「おっしゃる通りかと思います、お嬢様」

傲慢極まる発言だが、俺も同感だ。お嬢様が何かの物語の主人公でも、そんなに違和感はない。

お嬢様にとって不都合なことは、お嬢様の人生で一度も起きていないのだから。

「……いえ、もうご結婚なさるのです。お嬢様ではなく奥様とお呼びするべきでしょうか」

「そうね……貴方にお嬢様と呼ばれることは、もうなくなるのね」

お嬢様は、傲慢だが無慈悲ではない。時には感傷に浸ることもある。

お嬢様は自分の幸福を疑わない。遠からず起きる戦いでも何でも、自分が不利になる結果が訪れるとは思っていない。

勝利を確信しているからこそ、逆に思うところがあるのだろう。

「楽しみだわ……もうすぐトオンは私の男になる。国中から愛され、多くの姫が恋焦がれているあの王子を私が独占する。私だけが彼の閨《ねや》の姿を知り、私だけが彼の子を産むのよ」

「大変すばらしい未来かと存じます」

本当に、そう思う。

お嬢様は本当に良い殿方と巡り合ったのだ。

双方にとって幸福で幸運な日々が続くのだろう。

「……サンスイ」

「はい」

「今のうちに聞くけれど……貴方はお父様やお兄様のことを、そのままお兄様とかお父様と呼んでいるのよね、心の中では」

そう、偶《たま》に失言することがある。

俺は前当主様や現当主様を、お父様だとかお兄様と呼んでしまう。

俺のほうが何倍も年上なのだが、どうにもあの二人のことを父や兄のように思ってしまうのだ。

「貴方、私のことを心の中ではどう呼んでいるのかしら？」

「お嬢様、と。私は心の中でもそう呼んでおります」

「……そうね、貴方はそうだったわね。つまらない男」

俺の前を歩くお嬢様は俺のほうを一度も向かずに、そうつぶやいた。

実際、お嬢様にしてみればちっとも面白くないことだったに違いない。

俺やブロワのような、口の上手ではない護衛と過ごすのは。

それでも、それでも。

俺とブロワは、あまりにも長い時間をお嬢様と共有していたのだ。

「私は、貴方が勝つと疑っていないわ。私が負けるとも思っていない。でも、どうなのかしらね。あの六人は勝てるの？」

「ランや祭我は、もはや私でも容易に勝てぬ実力者です。他の四人も、決してお嬢様の期待を裏切らないでしょう」

「正直に言って……私ってサイガに対して強いと思えないのよね。貴方に三回も負けたところを見ているからかしら」

祭我、哀れ。

しかし、その気持ちは理解できる。なにせ、初対面で俺に負けて、二回目も俺に負けて、三回目も俺に負けたのだ。全部瞬殺である。

今では本当に強くなっているが、それでも敗戦のイメージはぬぐえないだろう。

「ランも貴方にあしらわれたじゃない。他の四人なんて、問題外でしょう？」

「今の六人ならば。私の師匠も、太鼓判を押すでしょう」

「そうね、貴方の御師匠様に教えを受けたのだったわね。強かったわ……本当に」

お嬢様の気配が、うんざりとしたものになっていた。

お嬢様も、師匠が真面目に全力で戦うところを見たらしいし、そりゃあそういう気分にもなるだろう。

お嬢様の肝をつぶせるのは、やはり師匠ぐらいであろう。

「もしもあの六人が負けたら、貴方が責任をとりなさい。相手の七人、全員相手をするぐらいなんてことないでしょう？　貴方はあのスイボクが認めた唯一の弟子なんだから」

「……」

実際に師匠を知っている人から師匠の名前を出されると、個人的には辛い。

俺が負けると、師匠の名前に傷がつく。師匠は気にしないだろうが、俺は少し気にする。

そう、少しだけ心が痛い。もしも師匠のことを知っている人の前で、無様を晒したらと思うと胸が痛む。

「お嬢様がお望みなら、敵という敵は皆倒して見せましょう」

「そうね……それじゃあ実際に一人、見せてもらおうかしら？」

お嬢様の邪悪な雰囲気が吹き上がっていた。既に周辺からは王宮の人間は消え失せている。

素人でもわかる強烈な殺気を放つ女性が、俺の後ろに潜んでいた。

ドンジラでガヨウ王女の隣に控えていた、女性の一人であろう。

「……己の爪と牙も持たぬ女が、ほざくではないか」

おそらく、試合に参加する戦士ではあるまい。

しかし彼女は、明らかに戦う雰囲気をまとっていた。

「あらあら、男に選んでもらえなかった寂しい女の子が、そんなに偉そうなことを言っても格好がつかないわよ？」

さすがお嬢様、的確なところを突く。

図星だったらしく、彼女の表情は更に赤くなっていた。

「貴様……今の己が死中にいることを理解していないのか？　まさかマジャンの王宮だからと言って、助けが来ると思っているのか？」

「あらあら、助けを呼ばれたら尻尾を巻いて逃げ出すのかしら？　勇敢な暗殺者だこと。女として負けているから、戦士としても逃げ腰なのねえ」

火に油を注ぐどころか、完全に放火魔だった。

お嬢様はこの状況さえも、完全に楽しんでいる。

「……そんなに死にたいのなら、殺してやろう。少し予定が変わるだけだ、自ら死中に飛び込んだ、その浅慮を後悔しろ！」

「怖いわねえ……怖くて怖くて、涙が出てきそうよ」

お嬢様はか弱い女性だ。性格が悪いことと、生まれが高貴であることを除けば、見た目通りの女性でしかない。

王族の側に仕える神降ろしの使い手に、何の抵抗もできないだろう。

それを認識して尚、お嬢様は笑っていた。

自分が負けるわけがないと、自分の護衛が負けるわけがないと信じているのだ。

「何か言い残すことはあるか？」

「貴女が知ることができない、いいことを教えてあげましょうか。トオンはね、ベッドの上ではとても可愛いのよ。私の胸に顔をうずめて、子供のように甘えてくるの……その可愛さを知れない貴女が、本当に可哀想……」

巨大な獣へと変身を遂げた神降ろしの使い手。お嬢様だけを狙っており、その護衛は俺一人である。

客観的に見て、絶体絶命であろう。

「本当に、滑稽ねえ……負け猫の遠吠えは」

『死ねぇえああああああああああああ！』

改めて、ここはマジャンの王宮である。つまりは神降ろしの使い手が全力を出せるように広くなっており、天井も高かった。

さて、目の前に迫るのは巨大な肉食獣、これを俺は退けなければならない。

少し前の俺なら、いろいろと打てる手が限られていただろう。だが、師匠から新しく術を授かった俺には、できることがたくさんある。

『おおあああああああああ！』

人間のものとは思えぬ声を発する、実際人間ではなくなった女性。

その前足の爪を振るって、俺ごとお嬢様を引き裂こうとする。

なんとも驚嘆することに、背後にいるお嬢様の気配はとても落ち着いていた。

現実逃避しているのではないか、と疑うほどの見事な落ち着きぶりである。

自分の切り札への絶対的な信頼。俺が目の前の相手を苦もなく退けるという確信が、彼女に泰然とした態度を崩させない。

なんとも信頼されたものである。正直どうかと思いながらも、俺はそれに応えるべく術を発動させる。

獣の爪の軌道に、機を測りながら腕を伸ばす。

鋭利な爪は、太く重い腕によって獲物へ向かい、そのまま切断するはずだった。

しかし、それは空振りに終わる。俺の手と彼女の腕が触れた刹那、彼女は遠くへ移動させられていた。

『!?』

お嬢様を狙った彼女は、獣の姿でありながらわかるほど明らかに動揺していた。

飛びかかって攻撃したはずが、獣の動体視力を持つはずが、手が届くところに俺達二人がいたはずが、完全に見失っていたのだから。

「あらあら……どうしたの？　もしかしてお酒でも召していたのかしら」

俺が使った術を知っているお嬢様は、意地悪く笑っていた。

そう、俺が師匠に教えてもらった新しい術の一つ。縮地法、織姫。触れた相手を縮地で移動させる術だ。

初めて受けた相手にしてみれば、俺達が一瞬で移動したとしか思えないだろう。

なまじ、自分の動体視力に自信があるだけに、何が何だかわかっていないはずだ。

ここは王宮の廊下だが、それだけに目印になるものがない。周囲を注意して確認しなければ、自分が移動したのか相手が移動したのかわかるわけもない。

高速移動ではなく、瞬間移動。それは彼女にとって完全に未体験だったようだ。体験したことがあるとしても、神降ろしでは対応ができないだろうが。

『おかしな術を……！』

「あら、怖いの？　逃げるの？　いいわよ、その大きなお尻を揺らして、尻尾を下げながら逃げなさいな。私は優しいから、見逃してあげるわよ」

自分が何かをしたわけじゃないのに、人はここまで大きな顔ができるのか。改めて驚嘆しながら、俺は腰から木刀を抜く。

「痛い目にあいたくないでしょう？　ここで引けば怪我をせずに済むでしょうね。トオン以外の男とは結婚できるんじゃないかしら？　ああ、トオン以下と言ったほうがいいのかしら……きっとお似合いの二人でしょうね」

放火するどころか、延焼させていく。

すごいなあ、この人はどれだけ語彙《ごい》があるんだろうか。

『おおおあああああ！』

相手は、それなりに冷静だった。

いいや、怒りで魂が煮えたぎっているが、一直線に襲いかかってくるのではなく左右へ不規則に移動しながら間合いを詰め始めた。

自分の位置を探らせまいと、翻弄《ほんろう》しようとしている。

巨体に見合わぬ速度と敏捷性ではあるが、さすがにランには遠く及ばない。

「うるさいわねえ……サンスイ」

「はっ」

「悲鳴を上げさせなさい、そこらの小娘のようにね」

もうちょっと別の指示はないのだろうか。物には言い方があると思うのだが。

とはいえ、こっちが主導権を握るのもアリと言えばアリだろう。

俺は特に障害物がない前方へ大きく跳躍していた。

その俺を見て、相手は警戒しつつもお嬢様を狙う。俺が何をするとしても、お嬢様の傍を離れている今が好機だと判断したのだろう。

当初の目的を見失ってはいないが、さすがにそこまで舐められても困る。

『もらったぁああ！』

「残念ですが」

縮地法、牽牛。

遠くの相手を自分の手元へ一瞬で移動させる術。

内功法、重身功。

自身や自分が触れているものを重くする術。

『ぐぎゃあああ!?』

「もらうのはこちらです」

空中から真下への刺突《しとつ》。

無防備な背中、それも急所を精確に突いた一撃は、神降ろしを発動させていた姫を倒すには十分すぎた。

重身功による攻撃力の上昇と、木刀を握る手への負担を軽減させた攻撃は、彼女をあっさりと倒していた。

お嬢様を狙って飛びかかった姿勢で俺の真下へ移動させられた彼女は、そのまま床を転がりながら人間に戻っていた。

俺は重身功を解除しながら、木刀を収めつつ着地する。

「がっ……！」

「そうよ、素直に泣きなさい。そっちのほうが可愛いわよ？」

戦闘能力がなくなったと認識したのか、お嬢様が歩み寄る。

相手は手負いの獣だというのに、一切怖気《おじけ》付くことがない。

「き、さま……！」

「怒ってごまかしているけど、貴女本当は悔しいんでしょう？　惚れた男から相手にもされなかったことが、違う女が射止めたことが」

「だまれ……！」

「ご自慢の爪と牙はどうしたのかしら？　ほら、床で爪とぎしている場合じゃないでしょう？

私を引き裂くんじゃなかったの？」

　這いつくばっているが、何とか立ち上がろうとしている彼女を、お嬢様は全力で嘲っている。

「貴様は……何もしていないだろうが……！」

「貴女も何もできてないじゃない。貴女、何しに来たの？　私を笑わせに来たの？　いいわ、笑ってあげる。あとでトオンのことを抱きしめながら、『貴方に惚れていた女がかみつこうとしてきたから、床に寝かせてあげた』と教えてあげる。私と違って彼は優しいから、きっとこう言うでしょうね『そうか、それは済まない。君には迷惑をかけた』って、私に謝ってくれるでしょうねえ」

　お嬢様は、この女性に指一本触れていない。

　しかし、言葉ではぐいぐい攻めていく。

　すごいなあ、言葉ってこんなに人を傷つけるんだなあ。

「ほざけ……！　トオン様は、騙されているだけだ！　お前の本性を知れば……！」

「ぷふ……貴女自分に自信がないからといって、私も自分を偽っていると思ったの？　貴女が惚れたトオンが、お芝居に騙されるような間抜けだと思ってるの？」

　現実って、過酷だなあ。

　お嬢様の性格が悪いところを、本気で好きで気に入っているんだから。

　トオンに惚れている女性達にとっては、本当に残酷な現実である。

「トオンが可愛そうだわ……こんな子猫に馬鹿だと思われているなんて……」

「ふざけるな……！　トオン様がお前のような毒婦を気に入るわけがない……！」

「あら、貴女自分を客観視できてないの？　貴女は自分がそれだけ魅力的だと思っているの？」

気に入らない女を実力で排除しようとしている、闇討ちして殺そうとする女性は、男性としては勘弁である。

お嬢様の指摘は、全面的に肯定するところだ。

「毛むくじゃらで硬い体で……おまけに私へ指一本触れられないほど弱い見かけ倒しの子猫に、私のトオンが惚れるとでも思ったのかしら？」

陰湿で的確な言葉攻めによって、遂に彼女の心が折れていた。

言葉を失い、床を涙で濡らし始めたのである。

魔法が存在するファンタジーな世界なのに、女性同士の争いは実にリアルだった。

「ああ、ようやく自分を正しく見つめられたのね。良かったわ、私を悪者にして義憤に燃えている、なんて勘違いされたままだと悪いもの。間違っていることは丁寧に教えたくなるのよねえ」

トオンは男にも好かれるイケメンだった。その相手であるお嬢様は、女性に嫌われるタイプの悪女だった。

でもまあ、そうでもないとトオンも気が休まらないだろう。

だって、自分の命を狙って襲いかかってくる危険な女性を、大喜びで罵倒するなんてお嬢様にしかできないし。

「うふふ、親切をすると気分がいいわね」

ある意味、お嬢様はとてもポジティブだった。

私を狙って敵が来る、ぶちのめして勝ち誇れるチャンスだわ、とは恐れるべき感性である。

実に、お嬢様らしい振る舞いだった。

「サンスイ」

「はっ！」

「多少マシになったけど……地味ね」

しかも、駄目出しされた。

「申し訳ありません」

「今から本番が心配になるわ……アルカナの総大将として、ソペードの切り札として、もうちょっと観客やトオンや、ハーン王がお喜びするような勝ち方ができないの？」

「ご安心ください、今見せた技はすべて御前試合では使いませんので」

「あら、随分魔法が増えたのね。貴方の師匠やその同門の人は派手だったから、期待してもいいのかしら」

ここ最近、馬車で移動してばかりだったが、常に馬車に乗り続けていたわけではない。

道中で夜とかに他の面々と修行をしていたりしたのだ。おかげで師匠から習った術は大体戦闘中でも使えるようになっている。

とはいえ、さすがに師匠とかと一緒にされても……。

「私など師に比べれば、甚だ未熟。さすがに師匠ほどは……」

「冗談よ……さすがに国を滅ぼされてはたまらないわね」

お嬢様をドン引きさせて真面目に否定させるあたり、さすが師匠である。

冗談とか通じないし、存在そのものが冗談みたいな人だからな。

「じゃあ行きましょうか、サンスイ。どうせ近くにこの女の仲間とかいるんでしょう？　放置してもいいわよね？　もう傷口に塩を塗りたくるのも飽きたし」

「ええ、数名待機しております。私どもが去れば、そのまま回収されることでしょう」

普通なら、他国の王族に付いている女性が背中をどつかれて悶絶するとか、外交問題であり戦争の口実になるだろう。だが、この周辺ではそれはない。トオンから聞いているのだが、王気を宿している王族が病気はともかく怪我をすれば、それは王家の恥になるのだ。

公然の場で戦闘し負けたのならまだしも、夜襲を仕掛けて返り討ちにあったとなれば名誉が傷つくのは彼女のほうだ。

仮に普通に歩いていたが背中を突かれた、と嘘を言っても、それはそれで背中を刺されるとは情けない奴と言われるのである。

強いというのは、褒められる分扱いが悪いのだ。誰も守ってくれないのである。

「ああ、そうそう。一応言っておくけど、サンスイはアルカナ王国の第七戦士。つまり最強の剣士よ。第七戦で貴女達がどんな戦士をぶつけてくるのか知らないけれど……恥をかきたくなかったら、サンスイに回る前に決着をつけることね」

飽きたと言いながら、お嬢様は倒れている人に言葉を止めない。

これは一応助言なのだろうか。その場合、敵に塩を送っていることとなのだろう。

傷口に追塩を塗りたくっている、というか唐辛子を塗りたくる行為に近いと思われるが。

「足りない頭で一生懸命考えて、負け犬の皆で相談すれば、一勝ぐらいはできるんじゃないの？それを目標にすれば、情けない結果になっても傷つかずに済むでしょうし」

やっぱ弱い者いじめって良くないな。

俺はお嬢様を見てそう再確認するのだった。

彼女が何かの物語の主人公なら、試合までに怪我を治してパワーアップするところだけど、そうはならないのが現実だった。

「……サンスイ」

「はい」

「貴方が私のことを、妹のように思っていることは知っていたわ」

急に話を切り替えないでください、お嬢様。

いきなりドキリとすることを言われた俺は、不意打ちを食らって固まってしまう。

「これからも、期待していいのね？」

「全身全霊にて」

面白くない兄ではあるが、我儘な妹を守る想いに嘘はない。

厄介払いができたとは思っているが、妹の結婚を喜んでいるのも本当なのだ。

まあ、人間の感情なんてそんなもんである。

綺麗なばかりではない、汚いばかりでもないのだ。

本番

マジャン国王、マジャン＝ハーンの体調の回復。加えて各国からの来賓や代表選手の到着を待って、快気を願っての御前試合が始まろうとしていた。

王気の血を伝えている文化圏の連合軍のような編成を見て、マジャンの民衆は邪推をしていた。

トオン王子に惚れていた諸国のお姫様達が、異国の女にとられまいと良いところを見せようとしているに違いない、と。

実際、アルカナ王国側の面々も、第六戦士と第七戦士以外は全員女である。

マジャン周辺の価値観から言えば、これから起きることは王気を宿す女性達の、自己アピールの場なのだろうと察する他なかった。

各国の美しくも強い姫達が、公共の試合場で王の前に並んでいた。ただそれだけで、マジャンの国民は大興奮である。

なにせ、この場にそろっているのは他国の王位継承権を持つ者か、あるいはマジャンの王家に属するものである。

その面々が、命の危険を晒してまで自分達の国の王子を奪おうとしているのだ。そりゃあ面白いに違いない。

そんな彼らは気付かなかった。

異国の戦士達、あるいは異国からの兵士達ともまた違う服装の一団が、マジャン＝スクリンの揃えた選手達の控室に多く座っていることを。

元々、戦士の控室、あるいは球場のベンチのような場所に、侍従が待機しているのは当たり前である。彼女達もそうなのだろうと思って、まったくもって呑気《のんき》にしていた。

さて、公共の試合場とは言っても、当然のように開けた平地でしかなかった。

ところどころに背の高い木が生えているが、それも森や林と言えるものではない。

その木に大量の見物客が登っているが、極めて些細なことだった。

決闘において、重要なことは戦う者達だけである。そうした風習ゆえか、アルカナやその周辺とは比べものにならない質素さだった。

しかし、野蛮人というわけではない。

それが証拠に、選手達が待機するベンチ、と言うべき場所には豪華な刺繍のされた布で屋根や壁を作ってある。

地面に置かれている座るための座布団も、土で汚すことがもったいないほどの一品だった。

各国の王族が座っている貴賓席も同様であり、国王のそれと何の変わりもない。

もちろん、客用の模様、王のための模様、戦士のための模様と違いはあるのだが。

「……これより、我が前で十四人の戦士が、公正にして公平なる決闘を行う」

王気によるものなのか、力を込めているわけでもないのに大きな声がする。多くの民衆が集まっている広場全体に伝わるように、ハーン王は語っていた。

「我が快気を願って、若き戦士達が戦うのだ。多くの言葉はあまりにも無粋」

整列している十四人の戦士達が、膝をついて礼の姿勢をとる。

同様に、民衆達もぎっしりとした広場の中で、互いにぶつかりながらもなんとか膝をついていた。

「恥じることのない戦いに、ふさわしき勝利を。それだけを、我は願う」

第一試合の戦士達を除いて、十二人の戦士達は陣営のテントへ戻っていく。

それを見て、民衆達は再び立ち上がり、歓声を上げる準備をしていた。

「……では」

国王は、その時を確認した。

二人の若き乙女が向き合い、構えている。他のものは一切ない。

そう見える、それならそれで十分だ。

「始めぇ！」

爆発したような歓声が上がり、同時にシヤンチ王国の王女、シヤンチ＝エンヒの体が王気の高ぶりと共に膨れ上がっていく。

『王家を守護する偉大なる神よ、この身に宿りて敵を割け！』

虎や獅子に比べれば幾分か細身だった。彼女が転じたのは豹だろうか、それははっきりとはわからない。

しかし、あまりにも巨大な獣に化けた彼女は、あまりにもわかりやすく強大な存在だった。

それに対して、アルカナ側の女性は腰を落として手刀を構えるのみ。最前列やそれに近い者達だけがその儚い姿を見るばかりで、あまりにも心もとなかった。

「スナエ……貴方の部下は、勇敢ですね」

スクリンは傍らに座る己の娘へ、哀れみで笑いながら語っていた。

国王と同じ席には、マジャンの王族が並んでいる。父王にとってはともかく、母親にとって二人しかいない息子と娘は、同じ方向を向きながら対立していた。

「勝ち目の薄い戦いに、己の体一つで臨むのですから」

「ええ、自慢できる臣下です。彼女達こそ、私の得た宝でしょう」

母親も娘も、似た顔をしていた。同じ表情をしていた。

互いに、己の陣営の勝利を疑ってもいなかった。

「私の所感では、全員神降ろしと戦えるように見えません。第一から第四までの戦士達は特に弱い」

スクリンの言葉は、あくまでも印象を語るものだった。

スクリンは戦士でもある。王の妻になるほどの女傑である。

であれば、技術体系が完全に違うとしても、第一試合に並んでいる二人の格の差がはっきりとわかっていた。

シヤンチ＝エンヒが王の前で戦うに足る実力を持つ一方で、しかし四器拳ヤビアはどうしようもなく未熟者だと理解していた。

そう、理解していたのだ。その印象は決して間違っていない。

それはハーンもヘキも、トオンもスナエも否定しないことだった。

「……彼女達は若い。このように王の御前で戦わせるには、あまりにも不適格ではないの？」

父王は、その口争いをあえて聞こえないふりをしていた。

あくまでも目の前の戦士に注目して、この二人の口論に参加せずにいた。

確かに、スナエ側の戦士は弱い。だとしても、既に戦いは始まっている。それならば、口論など意味を持たない。

主役はあくまでも自分の前で戦う戦士なのだから。

「だからこそ、なのですよ。母上、だからこそ意味があるのです」

巨大な肉食獣が、猛《たけ》りながら小娘に襲いかかった。

それを、王家の面々は誰もが見ている。

王気を宿すがゆえに王位継承権を持つ者も、王気を宿さぬがゆえに王位継承権を持たぬ者も。

あるいは、その母達も。

誰もが決して目を離さなかった。何が起きるのかを、見届けようとしていた。

「その、誰の目にも明らかに未熟な彼女達が戦って勝つからこそ、意味があるのです」

巨大な腕が振るわれた。

先日山水は相手を移動させる技でそれを逃れたが、目の前の娘はあろうことか右手と右足で受けの構えをとっていた。

右肘と右膝を合わせて、右手の指から右足の指まで一本の棒のように伸ばしていた。

片足で立っているそれが、踏ん張りのきかない構えであることはあまりにも明白で、ヤビアを名乗る彼女が鮮血に包まれたことは、とても当然のことだった。

『ぐっ……！』

意外だったのは、三本の足で巨大な肉食獣が飛び退いたことと、彼女の腕が欠損していることだった。

「四器拳、右半、刃受け」

相手の攻撃を受け、その腕を切断した血を浴びていたヤビアは、右足を地につけながら技の名前を静かに口にしていた。

『ば、馬鹿な!?』

巨大な獣に転じていた、彼女の左手。切り離されたそれは、地面に転がり人間の手に戻っていた。

左手が半分、斬り飛ばされていたのである。

あまりにも『痛い』その光景を見て、歓声は一斉に静まり返っていた。

「なるほど、己の五体を獣に変える、王気、神降ろし。凶憑きをも討ち取る力は、虚勢ではないらしい」

ヤビアは、左手を失った相手へ静かに語りかける。

いいや、この場に集まった面々へ、己の矜持《きょうじ》を示す。

スクリンの顔から余裕が失われていた。

スナエの顔は、余裕を保っていた。

「しかし、我が体に流れる気血の名は、玉血。我が一族に伝わる拳法の名は、四器拳。その極意は、己の四肢を欠けることなき名刀に変えることにある」

巨大な獣が、鋭利な刃と知らずに全体重を込めて腕を振り下ろした。

そうなれば、拳法の腕など関係ない。ただ双方の術理の違いが現れるだけでしかない。

「我が四器拳、即ち四肢を武器とする！　それを成すは玉血、玉とは完璧であるということ！」

刀剣や槍、弓矢。それらが通じぬはずの、巨大な獣。

神の化身と見まごう力は、しかし所詮人間技でしかない。

「侮ったな、神降ろし！　我が拳足の切れ味、存分に味わうがよい！」

神降ろしの最大防御力と最大攻撃力を、四器拳は遥かに凌駕していた。

否、玉血による硬化、切断力は神剣さえも超越している。この世に、斬れないものはない。

あまりにも意外な結果に、マジャンの民衆も各国からの来賓も、沈黙するしかなかった。

まず大前提として、王気こそ最強であるという認識が彼らにはあった。王気によって自己を最大強化した神獣の姿こそ、あらゆる刃を弾く鎧であり、あらゆる鎧を引き裂く爪であると考えていた。

それが、あまりにもあっけなく覆されていた。

本当の意味で、最強の矛にして最強の盾。あらゆる『魔法』の中で最強を誇る両手両足を前に、歓声を上げることもできなかった。

『ぐ……！』

「どうした、その姿は長く保てないのだろう？　加えてその出血、そう簡単に止まるとも思えんが。何よりも、これは我が主であるスナエ様の御父上の快気を願っての戦い。未知の恐怖に震える弱者ならば、早々に去るべきだ」

第一戦。スナエとスクリンの表情がそうであるように、完全にアルカナ側の狙い通りになっていた。

これでは、スクリンの反則も意味をなさない。

エッケザックスが見抜いたように、彼女は他者へ力を供給できる術者を数人用意し、戦士へと力を供給していた。

しかしそれは、持久戦だから意味がある。神獣と化した使い手を短期決戦で倒せる者がいた場合、あらゆる前提が崩壊する。

巫女道による供給は、ただ体力を補充するだけ。法術のように怪我を治せるわけではないし、ましてや悪血《あっけつ》のように失った指が生えてくるわけでもない。

絶対の自信があった一撃は、無残に切り裂かれた。それは彼女に限らずあらゆる神降ろしの使い手にとって悪夢だった。

最大にして最強の一撃、それがまったく通じない。そんな相手のことなど、誰も想像したことがない。

逆に言って、スナエにしても四器拳ヤビアにしても、この状況は作戦通りだった。

無警戒で、舐め切って正面から打ってきた。だからこそ、完璧に合わせることができたのである。もしも一戦目ではなく二戦目三戦目であれば、こうも鮮やかに切り裂くことはできなかっただろう。

当然、ここから先もどうすればいいのか、事前に打ち合わせ済みだった。

「動かないのならば……こちらから行くぞ!」

ヤビアは走り出す。それは王気を宿さない者には目を見張る速度だったが、しかし王気を宿す者には遅かった。

当然、最大強化されているシャンチ＝エンヒにとっては止まって見えていた。

宝貝は誰にでも仙術を使えるようにする補助具にすぎず、仙術と神降ろしでは強化に雲泥の差がある。

であれば、彼女はどうとでもできた。反撃することも回避することもできたのだ。

『お、おおおおお！』

しかし、回避できない。これが殺し合いなら回避し、それどころか逃走もできた。

だが、これは互いの名誉をかけた御前試合なのだ。向かってくる敵を相手に、背を向けることはできない。

アルカナの王が見ている、自国の王が見ている、他国の王が見ている。何よりも、自分の想い人が見ている。

こちらのほうが速い、こちらのほうが大きい、こちらのほうが強い。

それは客観的な事実だった。だからこそシャンチ＝エンヒは恐怖を振り払って迎え撃つ。後ろ脚だけで立ち上がりながら、無事な右前足を突き込む。

『あああああ！』

それに対して、ヤビアはただ進行方向に向けて右手をかざす。

通常の拳が相手でも、軽くて突き指、悪くて指を骨折する頼りない防御。

しかし、それは玉血による硬質化と鋭利さが加われば、刃の盾となって進行する道を『切り開く』。

巨大な肉食獣の爪と、人間の貫手《ぬきて》が真っ向から衝突する。

圧倒的な重量差があるはずだったが、四器拳の効果によって覆される。

まるで実体のない煙を割くように、獣の手は切断されて切り分けられていく。

その痛みが脳に届くよりも先に、ヤビアは軽々と舞い上がりながら右足を振るう。

軽身功を発揮できる『軽身帯』の効果によって舞い上がったヤビアは、体重を失ったまま右足に力を込めずに振った。

「四器拳、足刀、貫胴」

力を込める必要は微塵もなく、体重をかける必要も絶無。

ただ当てて振りぬくだけですべてを切断する四器拳の妙は、巨大な獣の脇腹を切り裂いて中身をこぼれさせていた。

「そこまで！」

誰もが言葉を失う中、国王であるハーンだけが決着を告げていた。

そう、誰が見ても明らかな、誉れ高き勝利だった。

「スナエの陪臣、ヤビアよ！」

「はっ！」

先ほどまでの思い上がった態度を止めて、ヤビアはマジャン式である片膝をつく礼をとった。

「四器拳の技、しかと見た！　よくぞ神獣と化した戦士を真っ向から打倒した！」

「お褒めに与り恐縮です」

「初戦にふさわしい、鮮やかにして速やかな決着であった！」

彼女の出身国であるシャンチ王国の面々や、彼女の姉妹であろう第二戦士であるシャンチ＝ケスリ達は、敗者に駆け寄りたい一心だった。しかし、それをなんとか堪《こら》えていた。

この戦いは、死を前提としている。よって、ハーン王の裁可が終わるまで動けなかった。

「シャンチ＝エンヒよ。未知の強者に対して恐れることなく立ち向かい、恥をさらすことのなかった誇り高きシャンチの姫よ」

無言で出血していく彼女へ、王は短く賞賛の言葉を贈った。

「見事であった。その勇気を、我は忘れぬ。異国の癒し手よ、彼女への治療を頼む！」

その言葉を聞いてようやく、アルカナ王国からこの国へ派遣されたアルカナ王国の法術使い達は、試合場で倒れているシャンチ＝エンヒへ駆け寄った。

幸いと言っていいのかわからないが、この場に多くいる法術使いは誰もが一級である。加えて、切断面は極めて鋭利であり接合も容易だった。

更にマジャンへ献上した蟠桃の切れ端を絞って飲ませたことによって、シャンチは命を拾っていた。

目の前で行われた、異国の医療技術。

それを見て観客達は安堵する一方で、四器拳の恐ろしさに震える。

神降ろしの神獣を、苦もなく切り裂いた拳法家。まさに想像を超えた敵であった。

「息はあり、指は戻り、腕はつながったか……アルカナの癒し手よ、見事である。では、役目を終えた両者は席に戻るがよい！」

王の発言を聞いて、誰もが忘れていたことを思い出す。

そう、これはまだ第一戦でしかない。正しい意味で前座だったのだ。

「第二戦士！　シヤンチ王国王女、シヤンチ＝ケスリ！　マジャン＝スナエ陪臣、爆毒拳スジ！　入場せよ！」

未だに虫の息であるエンヒが法術使いによって運び出され、傷一つ負っていないヤビアも自分の足で下がっていく。

代わって第二戦士である二人の少女が、赤く染まった試合場に踏み入っていった。

あまりにも想像と違う結果に、ケスリは顔を硬くしていた。

それとは対照的に、スジの目は燃えていた。ヤビアの勝利に触発され、奮起していたのである。

「構え……第二戦、開始せよ！」

ハーン王の宣言によって、ケスリは己を巨大な獣へ変化させる。エンヒと同様に豹に姿を変えたが、そのまま睨んで動かなかった。

無理もない、先ほどとは違う体術の使い手とは知っていても、先ほどの成果を見れば軽々に動けるわけもない。

靴も履かずにべたりと両足を赤く染まった地面につけている、腰を下ろした構え。機動力を殺し防御に徹している。それを警戒して容易に打ち込めないことも、仕方がないことではあった。

「どうした、攻めて来ないのか？」

しかし、それも当然エッケザックスの策の内だった。

初戦で四器拳ヤビアをぶつけたことには、次戦で爆毒拳スジの戦いを優位に進めるためでもあった。

「別に構わないが……時間はこちらの味方だぞ」

にやり、と演技ではなく真に優位の笑みを浮かべるスジ。

その両足の裏から地面へと、己の気血を深く広く染み渡らせていた。

「様子見はいいが……そのまま何もできずに終わるかも知れんな」

『……なんだ!?』

地面に撒かれていたエンヒの血。それに隠れて見えにくくなっていたが、スジの足元から段々と変色していく。

爆毒拳の術理が知れずとも、スジの望む展開であると悟るには十分であった。

「近づきたければ近づけばいい……怖くないのならば、な」

ここで退けるのなら、退きたかった。だが退けなかった。

各国の貴人も、マジャンの王族も、誰もが厳しい眼でケスリを見ている。

もしもここで退けば、臆病者として生涯を過ごすことになるだろう。

「母上」

「なにか、スナエ」

お互いの顔を、スナエとスクリンは見なかった。

互いの戦士を見ながら、試合から目をそらさずに、舌戦を重ねていた。

「改めて、マジャンの王とは生半《なまなか》な覚悟では務まらないのですね」

「何が言いたいのです」

「ドゥーウェ義姉《ねえ》の護衛である第七戦士、シロクロ・サンスイは、私の部下になったあの五人を初見でまとめてあしらいました」

一切事前情報なく、五人まとめて襲いかかられた。しかし殺すことも傷つけることもなく、赤子の手をひねるようにあしらった。

それがアルカナ王国最強の剣士であると、マジャンの席に座る面々に語った。

スナエやトオンにとってはまったく驚くことではなかったが、よくよく考えてみればとんでもない話である。

そう、こうなってようやく、山水という男がスイボクから託された最強の価値が明らかになっていたのだ。

「マジャンの王も同様です。たとえ相手のことを全く知らなかったとしても、挑まれれば応じるしかない。それは本来、こういう意味だったはずです」

「……不敬な、あの娘が王に勝てるとでも？」

「いいえ、ヤビアやスジと戦えば、ハーン王が勝つに決まっています。ですが、それはハーン王ならば、です。他の神降ろしの使い手と比べて抜きん出て強い、ハーン王ならば勝てるだけです」

もちろん、初見だからこそヤビアは優位に戦い勝利することができた、と言えるだろう。

だが、それを抜きにしても、四器拳は極めて難敵だった。彼女よりも強い者もいるであろうし、そうでなくても触れれば斬れる相手など、あまりにも恐ろしい。

今のやり方では、対抗が難しいだろう。

「母上……私を含めて神降ろしの使い手は、同じ神降ろしの使い手や影降ろしの使い手のことしか見ていませんでした。私がこの国にもたらす最初で最後の貢献は、今後の神降ろしのあるべき姿を問うものなのです」

そう、未知とは恐れるべきものなのだ。

確かにマジャンに限らず、周辺諸国の王には挑戦者をいつでも迎え撃つ器量がある。

しかし、それはあくまでも知っている相手であることが前提なのだ。あるいは、知らない相手を軽く見ているが故の無謀でしかないのだ。

「神降ろしは、最強でも無敵でもないのです」

何を不敬な、神から術を授かった先祖への敬意が足りない。

この場の誰もがそう言うべきだった、マジャンの王族が思ってはいけないことだった。

しかし、既にまったく違う術理を相手に、王気の使い手がなす術もなく敗北している。

「貴女は、身の丈に合わぬ部下を得て慢心しているようですね」

「それも違います、母上」

自分より強い者を、金か権威で部下にしたのだろう、とスクリンは軽蔑していた。

しかし、スナエは否定する。確信を持って、過ちを正す。

「私は、神降ろしで彼女達に勝っています。母上の揃えた戦士が私の陪臣である四人に勝てないのは、単に戦い方が間違っているだけなのです」

ちゃんと戦い方を考えれば、負けることはない。少し修正するだけで、一気によくなると信じていた。

「きっかけは些細なものでした。私は以前、アルカナの城の中で戦闘をしたことがあるのです。当然、マジャンの城と違って広くなく、最大化して戦うことはできませんでした」

目の前で尻込みしている戦士を見ながら、スナエは自分の母親に語りかけていた。

「相手の中には、火を出す術の使い手も多くいました。それらを相手に、私は神獣になることなく、戦うことになりました」

右京を守るために戦った、あの夜の話である。

「私は、まったく苦戦せずに相手を倒すことができました」

相手が雑兵《ぞうひょう》ということもあったのだろう。スナエは危うげもなく敵を蹴散らしていった。

その時点では、まったくといっていいほど何も考えていなかった。

「その後日、私は凶憑きと戦いました」

神降ろしの使命である、凶憑きを討つ戦い。

それを旅先でスナエが成したことに、誰もが無言で驚いていた。

「私は神の獣となって戦い、勝利しました」

それは、当然の結果だった。少なくとも、エッケザックスをして当然だと言い切っていた。

そう、それ自体は不思議なことではない。問題はそこから先のことだった。

「凶憑きは確かに強かったのです。ですが、問題はそこから先です」

「何が、言いたいのですか」

「母上、神獣は凶憑きや影降ろしと戦うための姿であって、他の術者と戦うにはむしろ無駄なのではないですか？」

その言葉を裏付けるわけではないだろうが、目の前で第二戦が動き出していた。

このまま座していても、結果は見えている。それならば、動かなければならない。己の国の名誉のためにも。

時間が相手に利することはわかった。ならば向かうべきだった。

巨大な豹は、雄たけびを上げながら突撃する。それは最大の獣による、最強の一撃だった。

極めて単純に、これより速く動けるのは悪血の天才である凶憑きか、縮地を極めた仙人か、あるいは同じ神降ろしの使い手だけである。

仮にスジが瞬身帯を身に着けていたとしても、回避できるものではない。

あるいは、一度は避けることができても回避し続けることはできないだろう。

「爆毒拳……虚爆、広」

浸血は本来、格闘に適した気血ではない。だが、だからこそ様々な技が生み出されてきた。

スジの足元、変色している地面が爆ぜた。当然彼女自身を中心とするその爆破は、彼女の周囲を土煙で満たした。

それに突撃したのが、巨大な獣であるケスリだった。既に飛びかかっていた彼女は、その土煙に驚きながらも、ええいと飛び込むしかなかった。

先ほどの鮮烈な斬撃を見るに、この煙に如何なる細工があるのか、と観客達も緊張する。

しかし、何事もなかったかのように土で汚れただけのスジと、同じく土まみれになったケスリが飛び出てきた。

『ただの煙幕か!?　驚かせおって！　我が肉体に土をつけるだけが精一杯か！』

「その通り、それが狙いだ」

直後だった。

「爆毒拳……複層、塵爆！」

最初にスジが舞い上がらせた土煙そのものと、スジとケスリの体についた『土の汚れ』そのものが爆発した。

爆毒拳の極意の一つ、複層。

浸血はその性質として、一切誘爆をしないという優位点がある。あくまでも術者の意思によってだけ爆発し、たとえ火をつけても他の爆破に巻き込まれても、一切影響を受けない。

スジが行ったのは、浸血を地面に注ぐ際、爆発する土を二種類に分けることだった。

一つは土煙を巻き上がらせるためだけに爆発するもの。

もう一つは、最初の爆発によって土煙になる、両者の体にまとわりつく土汚れになる土だった。

当然、どちらも威力は弱く指定している。

スジが着ている服はそれ自体が宝貝であり、彼女の体を守る役割を持っている。加えて、硬身帯によって自らの体を頑丈にしてもいる。

しかし、それでも当然、神獣に至ったケスリの防御力には遠く及ばない。

だが、自分が被弾すると知って身構えた上での爆破と、全身の毛に土ぼこりがついた状態で、気が抜けた状態での爆破ではまるで話が違う。

『ぎゃあああああ!?』

全身の毛に絡まった土ぼこりが爆発した。

それが彼女の眼鼻や耳にどれだけの苦痛を与えたのか、想像に難くない。

そして、その隙ができるとわかり切っていたスジは、自爆から復帰するとそのまま走り出す。

ヤビアの四器拳と同じく、爆毒拳に体重をかける必要はない。瞬身帯によって俊敏になった彼女は、悶えて転がるケスリの体に直接、撫でるように触れていく。

表皮に触れる必要もない、彼女の縮れた体毛に触れるだけで浸血は神獣へ攻撃の準備を終えていた。

「我が体に流れる気血は、触れた者に浸透し染め上げる！　それは毒のように相手をむしばみ、爆破する！　故に……浸血、爆毒拳！」

先ほどの二回は、目くらましと牽制でしかない。

自分も被弾することが前提の、威力を低くした爆破だった。

そして、テンペラの里に存在するあらゆる拳法の中でも、最強の殺傷能力を誇る爆毒拳が本命を設置し終えたならば、少々大きくて硬いだけの獣など恐れるに足りない。

「爆毒拳、蛇道爆鎖！」

自分が爆破の範囲に入らないことを確認した上で、ケスリの体へ直接書かれた一本の線が爆破する。

その威力は、彼女の防御力を超過していた。

「裸で我が技の前に立った不明を呪え」

誰もが、彼女の術理を概ね理解していた。

つまりケスリは、あろうことか自分の体に直接火薬を塗り込まれ、そのまま爆破されたのだ。

その威力は想像に難くない。

巨大になっても生物のままである、その苦痛は共感できてしまう。

「そこまで！」

地面に倒れたケスリの、痛々しい流血。加えて吹き上がる硝煙。

あまりにも痛ましい敗者の姿に、目を背ける者も出ている。

「爆毒拳、スジよ！　良き戦いであった！」

「光栄です」

「己の気血を爆薬に変えるとは、なんとも恐れるべき拳法であろうか！　加えて、己の術で自らを焼くことを恐れず立ち回った、その蛮勇も認めねばなるまい！」

ハーン王は、あくまでも勝者を讃える。

己の遠い親戚、自分と同じく王気を宿す者が破れたことを、しかし咎《とが》めることはなかった。

「スナエは良き部下を持った！　勝利のためなら火中に飛び込むことをいとわぬ、恐るべき戦士である！　先の者を含めて、実に良い臣下だ。今後も忠義を期待する！」

「はい、変わらぬ忠義を誓います」

「ケスリよ、姉妹の仇を討つことはかなわなかったな。しかし、これも勝負である。誰もがお前の勇敢さを知っている、怨恨《えんこん》を引きずることこそ不名誉と知れ！　アルカナの癒し手よ、彼女にも最大の治癒を頼む！」

こうして、第二戦も終わってしまった。

その上で、観客達は黙って互いの顔を見合う。

もしかしたら、このまま神降ろしの使い手は、一人も勝てずに終わってしまうのではないか、と。

そこに歓喜も興奮もない。あるのは恐怖と、王気を宿す者への信仰が揺らぐことであった。

「見事だったぞ、スジよ」

「ああ、なんとか勝てた……」

席に戻ったスジは、ランに褒めてもらうと気を吐いて弱音を口にする。

実際、相手は巨大な獣。四器拳と違って防御が固くない爆毒拳では、いきなり襲いかかられれば旗色が悪くなっていた可能性もある。

「それにしても、さすがは神剣の戦術。おかげで楽に戦わせていただきました」

「当然であろう、試合には試合の妙がある。やはり酒曲拳と霧影拳を後半に持っていったのは正しかったな！」

スジの言葉の通り、エッケザックスが作戦を指示したことによって、未熟なヤビアやスジでも余裕を持って立ち回ることができていた。

おそらく、第三戦も第四戦も、作戦通りに相手は動くだろう。手の内を完全に知られている、ということは本当に不利なのだ。

「事前に敵を知り、その対策を練り、準備を費やし、結果を出す。これも一つの武であるな！」

うむうむ、と頷くエッケザックス。実際、不用意に手を出すと大怪我をする四器拳を最初に、逆に様子見をするとドツボにはまる爆毒拳を二番目に持ち込んだのは正しかった。

相手の陣営に、極めて大きい動揺を与えることに成功している。これでもう、相手は酒曲拳と霧影拳の術中へ綺麗に陥ってくれるだろう。

「それにしても……いいのか、二人とも。お前達は勝者だが……周囲から賞賛の声はないぞ」

ランはスジとヤビアに訊ねていた。

自分に従って里を出た四人を知るランは、疑問を口にしていた。

「お前達は元々、分家や本家という枠で相手に勝ちを譲らねばならなかった、八百長試合に辟易《へきえき》して里を出たのだろう？　無視して勝っても賞賛されないことが不満だったのではないか？」

「そうだったな……だが、ラン。私だって成長するさ、勝利を王が認めただけでも十分だ」

「そういうことだ……それに、信じている者が負けるという事実に、公正も公平も意味を持たないということは知っている」

元々、ランに従っている四人は分家筋の生まれだった。

年齢にしてはそれなりに強い、という程度ではあった。しかし、それでも本家の者と比べてもそう差はなかった。

場合によっては勝てることもあったし、むしろ負けないだけの自信もあった。

しかし、それを周囲は認めなかった。分家の者なのだから、弁《わきま》えて行動しろと言わんばかりであった。

そうした圧力を、ランが吹き飛ばしたことこそ彼女達の原動力であった。

そう、一度ならず二度三度、ランが負けるまでは。

「自分では到底及ばない、憧れの強者。それがなす術もなく地に倒れる絶望は、私達にもわかるんだ」

その辛さは、他でもないスナエやトオンが一番よく知っているはず。

にもかかわらず、その二人はこの結末を皆に突きつけることを良しとした。

国民の多くが、神降ろしの限界を認識しないことこそが、この国最大の問題だと言わんばかりに。

苦渋

この戦いはインチキだ、と大声で叫びたい衝動を多くの者が堪《こら》えていた。

誰の目にも明らかなことに、相手はあり得ないほど強かった。いいや、冷静になればわかることではあるのだが、とにかく神降ろしの防御力を凌駕していたのだ。

切断であれ爆発であれ、当たってしまえば、耐えることはできない。それはこの場の面々にとって、どうしようもないことだった。

第三戦、ドンジラ＝ガヨウと酒曲拳カズノ。

その戦いに対しても、恐怖が先に立つ。速攻と様子見、どちらが正しいのか、誰にも分からない。

相手はこちらを知っていて、こちらは相手を知らない。

それがどれだけ不利なのか、彼女を含めて、誰も考えたことがなかった。この国は、未知に対して無関心が過ぎた。

世界は広いと知りながら、王気以外はすべて下に見ていたのが現実であった。

「……さて、ドンジラの王女よ。旅の間では滞在させてもらい、世話になったな」

『……黙れ』

巨大な虎に転じたガヨウは、しかし攻めあぐねていた。

「礼だ、優しく倒してやろう」

『ほざくな！』

まだ、格上と戦うほうがましだった。先ほどの戦いが、まったく参考にならないのだから。

自分の後方で、志を同じくしている姫達の焦燥が感じ取れる。七人全員がまったく違う技を使うということが、どう動いていいのか彼女に判断を許さなかった。

これでは、用意した反則もまったく意味を持たない。

持久戦になるどころか、速攻で二人とも倒されている。こんな相手は想定外だった。

そして、既に戦闘は始まっている。何をしているのか、祭我や山水以外には見ることができなかった。

だが、既に術は始まっている。もうどうにもなりはしない。

「祭我様、見えていますか？　私は目視できませんが、貴方は見えるのでしょう」

「ああ、見えている……もう力場を飛ばしている」

控えの席にいる二人だけが、酔血によって構成された『見えない球』を見ていた。

それは最初カズノの周りで膨れ上がって、そこから粘り気を持つように変形しながら前へ飛んで行っている。

球は神獣になったガヨウをすっぽりと包むほど大きく、しかしぐにゃぐにゃと歪みながら頼りなく進んでいた。

「これもまた、武術。相手へ話しかける場合、こういう意図があることもあるのです」

「そういうことも考えて行動するのか、疑心暗鬼になりそうだ……」

相手の平衡感覚を狂わせる、恐るべき力場。それが相手の困惑の隙をついて、そのまま着弾していた。

力場はガヨウの頭にぶつかると同時に、呑み込むように彼女の全身を包む。

その時点で、勝負は完全に決していた。

『ぐ、な!?』

二足歩行に比べて、はるかに安定している四足歩行。それによって大地に立っていたはずのガヨウは、衆目の前で何の前触れもなくぐらりと崩れ始めた。

なんとかたたらを踏みながら持ち直すも、それでもどんどんよろめいていく。

まるでいきなり酒を飲まされたように、ふらついて足元がおぼつかなくなっていく。

「酒曲拳、念動粘球。お前は私の術中にはまったのだ」

『な、なにを……!?』

ほぼ無警戒で悠然と近づくカズノに対して、ガヨウはなんとか抵抗を試みる。

しかし、走り出そうにも歩くことさえできず、攻撃しようにも体を支えることさえ難しかった。

「我が酒曲拳は、相手の感覚を狂わせる。とはいえ、王気を宿す者に効きは悪いが……さすがに最大濃度で全身を包めば、無力化は可能だな」

カズノにとって一番されると嫌なことは俊敏に動き回って、狙いをつけられない状況になることだった。

もちろん運が良ければ当たることもあるであろうし、何よりも自分の周囲に展開すれば遠距離攻撃できない関係上、確実に術にはまってくれるだろう。

だが、相手は神降ろしであり、神獣。酔血の生み出す力場は、あくまでも平衡感覚を狂わせるだけでしかない。仮に相手が全体重を込めてぶつかってくれれば、相手が途中で転んでもそのままぶつかる可能性はある。

加えて、神降ろしの場合その重量が半端ではない。相手を転ばせて、その相手に潰されてはたまらない。

『無力……だと、私が、無力だと!?』

「私を相手にてこずり、敗北しようとしている。正に無力だと思うがな」

襲いかかりたいが、それができない。まるで世界がひっくり返っているかのように、ガヨウは立つこともできなかった。

『どいつもこいつも、おかしな術を……』

「おかしいか……確かにお前達から見ればおかしいのだろうが……いやはや、世間を知らないというのは、本当に滑稽だな。今ならあの時、私達がどう思われていたのかもわかる」

カズノは自嘲していた。

世界の広さを知らないこの場の面々は、強力で強大な自分達の強さにずっと酔いしれていたのだろう。

それは規模の大小はともかく、自分達とそう変わるものではない。

「おかしい術、程度に負ける自分を幸運に思うことだ。第五、第六、第七の戦士はこの世の絶望を教えてくれるだろうよ。それを味わわずに済む、お前は本当に運がいい」

両手に、色の異なる手袋をはめる。

草で編んで作られた粗末なそれは、しかしスイボクが作った『酒曲拳』の使い手のための宝貝だった。

掲山手《かつざんしゅ》、落星手《らくせいしゅ》。

使い手が意識した時に、掴んだものを軽くする宝貝と、掴んだものを重くする宝貝だった。

「痛い目を見るが……本当にお前は運がいい」

ふらつきながらも、何とか行動しようとしているガヨウは、しかしもはや自分の目に映っているものを正しく認識できなくなるほどに、前後不覚だった。

その彼女の背後に回り、その尾を掴む。

それだけで、誰の目にも明らかなほどガヨウは重量を失っていた。

未だに粘性の力場に包まれながら、風船になったように浮かび上がり体をじたばたさせていた。

「うわあ……」

平衡感覚を完全に喪失している上に、重量を失って地面に触れることができなくなる。

それをかつての自分と重ねた祭我は同情の念を向けた。

そう、このあと持ち上げられた彼女がどうなるのかなど、それこそ誰にでもわかることだった。

無言の観客達は、思わず顔を手で隠していた。

そう、持ち上げられた『猫』が、この後どうなるのかなど考えるまでもない。

あとはたたきつけられるだけだった。

「落ちろ」

本来以上の重量を突如加えられたガヨウは、平衡感覚を失ったまま受け身も取れずに地面へ落下する。

その高さこそ大したものではないが、姿勢がまったくでたらめであったことから、人間に戻った彼女は完全に骨折していた。

痛ましい静寂が、彼女を包んでいる。

結局何もできないままに、第三試合も終わっていた。

×　×　×

第四戦、デイアオ＝ヒンセ、霧影拳コノコ。

戦いを始めようとしている両者を見ながら、スナエは自分が感じた世界の広さを故郷の家族に伝えていた。

「母上、神降ろしは確かに強大です。私は今でもその認識を変えていません」

「……よくも、そんなことが言えますね」

「ええ、言いますとも。少なくとも私は、あの場の四人に勝つことができます」

「それは、彼女達の手の内を知っているからでしょう？」

「では、母上。貴女は最初の戦士、四器拳に対してどう立ち回りますか？」

神降ろしの名誉を、公然の場で汚し地に落とした。

その事実を前に、スクリンは怒りをあらわにしていた。

しかし、それも想定内。スナエは冷ややかに応じるばかりだった。

そして、四器拳に対してどう立ち回るべきなのか。その質問に対してスクリンは返事に詰まった。

そう、触れれば斬れる両手両足。それは神降ろしの爪と牙を遥かに超えている。

それを相手に、どう立ち回るかなど考えたこともないのだ。

「簡単です、人の大きさで戦えばいい。頭でも腹でも背中でも、両手両足以外のどの部位でも好きに攻撃すればいい」

「……それは」

「ええ、本来神降ろしという術にとって、人間の大きさのまま戦うことは未熟者の証です。影降ろしの使い手にも負けることがあり、きちんと神獣になれる者には勝ち目がない。ただしかし、それは結局のところ……神降ろしと影降ろしだけの話でしかないのです」

この地方には、影降ろしと神降ろししか定着していない。

だからこそ、今までは神獣以外の技は磨かれることがなかった。

しかし、違う相手に対しては違う立ち回りが必要なのである。

「母上、神降ろしと影降ろしには、明確な相性差があります。ですが、どうですか。仮に一般的な影降ろしの使い手が、四器拳の使い手や爆毒拳の使い手と戦うとしたら」

その想像は簡単だった。

分身を放ち、相手の出方を見る。

相手がどんな攻撃手段を使うのかを見た上で、更なる分身を放つのだ。

認めたくない想像が、価値観と一致しない結論が、速やかに脳内で描かれてしまった。

初見の相手と戦うというのであれば、神降ろしよりも影降ろしのほうが向いている。

「認めろというのですか、神降ろしよりも影降ろしのほうが上だと！」

「違いますよ……同列だということです」

「何が違うのですか!?」

「では、母上。この状況を見て同じことが言えますか？」

今目の前では、神降ろしの使い手が異国の戦士を相手に踏み込めずにいた。

その彼女の前で、コノコは己の似姿を大量に放つ。

『なんだ、ただの影降ろしか!!』

それを見て、安堵しながらヒンセは嘲った。

そう、影降ろしの使い手では、神獣に勝てない。それは絶対の摂理だった。

名前が違うだけで、実際には同じ術だというのなら何のことはない。全く慌てることなく、その無駄な攻撃を前に身動きもしなかった。

多くの分身が殺到してくるが、しかしそれに向かって叫ぶ何者かがいた。

「違う、そいつは影降ろしの使い手ではありません！」

本来あり得ざる、試合への助言。

悲鳴にも似た絶叫は、おそらく彼女の臣下の影降ろしの使い手であろう。

ある程度術を習得した術者は、同系統の資質を持つ者を見分けることができる。影降ろしの使い手は、コノコが影気を宿していないことだけは見抜けていた。

だからこそ恐ろしい。影気を宿していないにもかかわらず、似たことができる。それは神降ろしにも通用する可能性があったのだから。

『な……!?』

影降ろしではない、という声を聞いてヒンセは身構えて……逆に驚いていた。

そう、影降ろしは実体のある分身を生み出す術だったが、今目の前に現れた大量の分身には実体がなかった。

幻血による術、霧影拳。それは対物破壊さえ可能な四器拳や爆毒拳、対生物に特化した酒曲拳とも違い、ただ単に幻影を投射するだけの術である。

この世界において、髪一本さえ動かすことができない『非力』を通り越して『無力』な術だった。

『な、なんだ……こけおどしか……!』

仮に人間が相手ならば、虚を突いて相手へ攻撃を当てることができる。

主に視覚で予知を行う亀甲拳《きっこうけん》に対しては非常に優位に立てるこの術は、神降ろしに対しては何の役にも立たなかった。

しかし、それは単品で見ればの話である。

「虚仮《こけ》、とほざくか」

乏しい攻撃力を補うために、隠し武器で敵を撃つ。それこそがかつて他の拳法の使い手と肩を並べていた霧影拳の、本来の戦闘方法である。

もちろん、武器の威力は大きさと重さに比例する。隠し持てる武器では威力に限度があり、ましてや神降ろしの使い手には意味がない。

しかし、彼女が持っている武器はあのスイボクが、霧影拳の使い手のために作り上げた宝貝である。

その道具の存在が、すべての前提を覆す。

「我が霧影拳を、虚仮と侮ったか……」

霧影拳の幻影は、確かに実体を持たない。しかし、相手の視界を塞ぎ隠したいものを隠すことはできる。

「ありがとう、おかげで楽に勝てる」

決して、速い動きとは言えなかった。避けようと思えば、避けることができたはずだった。

今、幻影に隠されて放たれた一本の蔓が、ヒンセの足を伝って登っていく。

目指すは動物の絶対的な急所、首である。

『な……う、ぐぅううあああ！』

その蔓に、意味などないはずだった。

だがしかし、彼女の首は確実に絞められていた。

『ぐ、ぎゃあああああ！』

その蔓から下がりながら、なんとか首に絡みついた蔓を切り落とそうとしている。

しかし、なかなか切り落とせない。幻覚であり実体がないからこそ、触れることができない。

「聞こえるか、その蔓を簡単にほどく方法を教えてやろう」

『かっ……かっ……』

どれだけ肉体を強化されても、脳への血流が止まれば生きてはいられない。そして、この戦いは死を前提としている。

このまま絞めているだけでも、コノコは勝てるのだ。だがあえて、彼女は助言する。

「神獣化を解け、そうすれば体が小さくなるぞ。まあ、気絶すれば勝手に解けるかもしれないがな」

その助言が届いたのか、ヒンセは一瞬で縮小して人間の大きさに戻った。

同時に呼吸は楽になり、そのまま息を整えようとする。

「しまいだ」

手に何かを握りながら、隙だらけのヒンセの顔に一撃を入れるコノコ。

その一撃で、気も力も抜けきっていたヒンセは、地面に倒れて動かなくなっていた。

と、同時に幻覚の蔓が消える。そのかわりに、よく見なければわからないほど細かい何かが残っていた。それをコノコは回収する。

そう、この場に蔓など最初から一本もなかった。コノコは蔓を持ち込んでなどいなかった。

「宝貝、心中髪。これがお前の首を本当に絞めていたものだ。蔓と違ってとても細いだろう？これでお前の首を絞めると、肉に食い込んでしまってなかなか切れない。まあようするに、ただそれだけの代物だ」

当然、そこまで無茶がきく代物ではない。

そう速く動かせないし、締め付ける前に振りほどかれればそれまでである。

冷静であれば、対応できたはずだ。だがそれをさせないために、虚仮おどしである霧影拳を使ったのである。

「混乱していたこともあるのだろうが、これが現実というものだ」

一番軽い怪我で倒れた相手へ、勝者は残酷な言葉を送る。

「お前を倒すには、虚仮おどしで十分だったようだな」

コノコは勝ち誇るが、場は沈痛だった。特にスクリンは、現実を受け止めきれなかった。

彼女の選んだ精鋭が、雑兵四人に全敗。その事実を前に、国民も来賓も静まり返っている。

全七戦で、既に四敗。それでスクリンの描いた、明るい未来など待っているわけもない。

仮にここから全勝しても、結局全体としては敗北である。これではこの後に、ヘキ達へ挑戦状をたたきつけることもできない。

「母上、まだ終わっていません。ここからが本番です」

その母親に、スナエは現実を語る。

「これから戦うのは、本当の意味で最強を名乗れる、真の精鋭達なのです」

それを聞いている者達は、ぞっとした。

背筋に寒いものが走り、頭が冷たくなっていた。

ここまでの四人が、お遊びだと宣言したのなら、これからは更なる地獄が待つだけである。

圧倒

第五戦　デイアオ＝ウトウ対銀鬼拳ラン。

既に団体戦としての勝負は決している。それゆえに観客達も貴人も、もはや楽観を探すことができない。既に勝利の道は断たれている、万に一つも可能性はない。

加えて、ここまでの四戦はすべて極めて一方的だった。アルカナ王国から来た者達は、まさに必勝の策を準備して臨んでいる。

残る三戦も、極めて望みが薄かった。ここまで勝ちに徹したアルカナ王国の面々が、ここから先で手を抜くとも考えられない。そもそも、今までの四人はスナエの陪臣だった。残る三人はスナエの直臣や婚約者、トオンの婚約者の側近である。

誰がどう考えても、前半の四人と後半の三人は格が違う。まして、戦士としての腕がある者達は試合場に立つランの佇まいにただならぬモノを感じ取っていた。

「……私達の勝ちは決まった。本当は、残りの三戦でお前達に勝ちを譲ってもいいんだろうが、あいにくとこの戦いはそんな甘いものじゃない。それに私は、正直言って……お前に勝ちたい」

確かな気持ちを、彼女は持っていた。

己の武を異国に示したいのではなく、ただ目の前の女性に勝ちたいと思っていた。

「お前は……王気を宿す神降ろしの中でも、かなり上位の使い手のはずだな。スナエ様よりも強いのだろう？」

「ああ、私はスナエよりは強いだろう」

「ならば、戦う価値は大いにある」

心中を語り終えると、彼女の頭髪が波打ち始めた。銀色に染まり、燃え上がる。

それが何を意味するのか、この場の誰もが知っている。

「……お前は、凶憑《まがつ》き」

「そういうことだ……本来、神降ろしに勝てる道理はどこにもない」

凶憑きを名乗るランは、伝承とは異なりすぎる、不気味なほど静かだった。

この地には影降ろしと神降ろししか存在しないが、災いとして凶憑きのことも語られている。

だからこそ、解せなかった。ここまで必勝の策を練っていたアルカナの面々が、神降ろしに勝てないはずの凶憑きを、第五戦で出す意味がわからない。

「だからこそ……戦う価値がある。私が生きて強くなったことを、わかりやすく証明する」

だが意味はある。わからないだけで、意味はある。

「正直に言って……神降ろしと戦って勝つことに、喜びがないわけではない。自分の中の醜い部分も、確かにあると思う。だが、それだけではない……それもあるが、それだけではないんだ」

目を閉じて、開く。

脳内麻薬ではなく、意志による闘志が真っ直ぐに対戦相手を射抜いていた。

「神獣になるがいい、私はそれを凌駕してみせる」

四器拳、爆毒拳と戦う時、必ずしも神獣になることは正しいことではない。

しかし、影降ろしや凶憑きと戦う時、神獣になることが最善とされている。というよりも、凶憑きと戦う時はそれ以外では勝てないとされている。

今までと違って、既知の敵である。

「……そうか！」

引けない。ここが御前試合であることを差し引いても、スナエがそうであったように神降ろしの使い手は凶憑きに背を向けることはできない。

何かある、とわかっていてもデイアオ＝ウトウは己の尊厳にかけて神獣になっていった。

『ならば、この爪と牙で蹴散らすまで！』

さて、そもそもなぜ神降ろしは凶憑きに対して圧倒的な優位を保てるのであろうか。

単純に言って、神降ろしの最大強化ならば凶憑きの最大強化を上回れるからに他ならない。

「そうだ、その姿だ。その姿の神降ろしを凌駕する」

ランが限界まで自分を強化しても、神降ろしを超えることはできない。

それは以前も今も、変わりがない。

「今の私は、もはや凶憑きではない。銀鬼拳を名乗ったことが、ただの決意表明ではないと知れ」
だがそれは、絶対に勝てないわけではない。
「いくぞ！」
ランはいつかのように走り出す。
それでは、それだけでは足りないとわかった上で突撃する。
何かあるのだろうとは、デイアオ＝ウトウもわかっている。
だが、それでも定石通りに防御の構えをとっていた。
伝承通り、走り出したランの敏捷性は神獣になった彼女を超えている。
先に行動すれば、先に攻撃すれば、おそらく軽々と回避されてしまうだろう。
だからこそ、受けてから反撃に転じる。極めて論理的に、それしか打つ手がないのだ。
『こい……！』
神話の時代から、幾度となく行われていた神降ろしと凶憑きの衝突。
それをなぞるように、ランは巨大な肉食獣へ打ち込む。
跳躍し、腹部へ殴りかかる。当然急所を狙うが、それはさすがにそらされた。
全速力、全体重。その一撃は、途中で狙いを変えることが極端に難しい。
だからこそ、ランの攻撃は空振りしないまでも、急所を外した場所に着弾していた。
『……!?』

受けてから、宙に浮いている凶憑きへ反撃する。その行動をするつもりだった。

しかし、神獣は動かない。多くの観客が見守る中、ランは反撃を受けずに地面に降り立った。

「銀鬼拳……発勁《はっけい》、鯨波《げいは》！」

デイアオ＝ウトウは反撃しなかったのではない、反撃できなかったのだ。

【ランよ。儂がお主に授ける技は、発勁じゃ。サンスイが使う、手で触れた相手に波を打ち込む技じゃな】

【疑問に思うのも無理はない。悪血を宿すお前は仙術を使えぬはずじゃからな】

【しかし、発勁と気功剣は、本来仙術ではない。修練さえ積めば、誰でも習得できるものなのだ】

スイボクから授かった技、『発勁』。それが彼女に神降ろしを凌駕させていた。

内包している気血が如何なる性質であれ、その量が多ければ多いほど発勁は威力を増す。

相手が全力で攻撃するか、全力で防御した時に使用され、その動きを数秒間麻痺させるその技の名は発勁、鯨波。

凶憑き故に内包された膨大な悪血の威力はすさまじく、本来生半なことでは揺らしきれない神獣を麻痺させていた。

「知っている……神降ろしが凶憑きと戦う時、全身の力で受けに回ることは知っている。ならば、それに対策を練るのは当然のことだ！」

動きが止まっている、麻痺している神獣は、四本の脚をゆっくりと曲げて沈んでいく。

別に失神したわけではない、己の巨体を四本の脚で支えきれなくなっただけだ。

その倒れようとしている巨体の懐で、ランは腰を落として拳を構える。

助走による加速は不要だと言わんばかりに、その場で溜めを行っていた。

それが、神降ろしにとって有効な打撃への準備であることはあまりにも明白だった。

「銀鬼拳、発勁……震脚《しんきゃく》！」

踏み込みと同時に、足の裏から発勁を打つ。それによって反発を得たランは、通常以上の威力で攻撃を打ち込んだ。

大地が揺らぐ轟音とともに吹き飛んだウトウは、人間の姿になりながら地面に落ちた。

「見事だ！」

今まで以上に神降ろしの優位を覆す、王家の威信を汚しかねない結果を、他でもないマジャン王家の席にて賞賛する声があった。

銀鬼拳ランの主、マジャン＝スナエだった。

「さすがは我が第一の臣下！　我が父も喜んでいるぞ！」

「光栄です、スナエ様」

茶番であることは、誰もが察していた。しかし、異議を唱えることはできない。

銀の髪を燃え上がらせたまま、ランは拳を収めて片膝をつき臣下として礼を尽くしていた。

そこに狂乱はどこにもない。仮にこの忠義が、礼節が演技だったとしても、凶憑きを相手に演技をさせるなど尋常ではない。

「うむ、我が娘の臣下であるランよ。その力確かに見せてもらったぞ！　その武勇は、我が国や近隣諸国でも語られるであろう！」

賞賛するほかない、己の娘が凶憑きの狂気を鎮め、忠臣に育て上げたのだから。

その事実を思えば、神降ろしの使い手が凶憑きに敗北したことなど大したことではなかった。

ハーン王は沈黙する客達に代わって賞賛していた。

「しかし、お前ほどの実力者が第五戦士とはな……その点はどうなのだ？　お前が前の四人に劣るとは思わんが、残る二人よりも強いということはあるまいな」

「ご安心ください」

もしも、露骨な優劣を覆して順序を調整したなら、それは小癪な作戦に他ならない。

そんなことはないだろうと察しながら、一応の確認をする。

それに対して、ランはこの場の誰もが安心できない言葉で答えていた。

「残る二人の戦士は、両者ともに私よりもはるかに強い戦士でございます」

×　×　×

「ようやく俺の出番か」

上着を脱いで肉体をさらしながら、祭我は席を立っていた。

その眼には確かな決意があり、その肉体には確かな鍛錬が見て取れた。

顔にも傷が刻まれ、歴戦の雄の風格が感じられる。まあ、傍目《はため》には、ではあるが。

「ふははは！　どうだ、我が采配は！　我が主よ、場は温めた故に存分に戦おうではないか！」

「ああ、お前のおかげで本当に全勝できそうだよ。このまま応援してくれ」

人間の姿をしている己の剣を背に、祭我は悠然と歩き出していた。

寸鉄帯びることなく、宝貝も持たずに試合場へ向かっていく。

一瞬思考停止したエッケザックスは、大慌てで彼の体に縋《すが》りつく。

「ま、待て我が主よ！　何か、何か忘れていないか!?　如何に試合とはいえ、武器も持たずに出向くなど流儀ではあるまい!?」

「……エッケザックスこそ、冷静に思い出してくれ。俺が山水と三度目に戦った時何と言われたのかを」

八種神宝、最強の神剣エッケザックス。

その機能はあらゆる魔法の効果を増幅させることである。

バトラブの切り札である祭我にふさわしい武器ではあるが、この場にはふさわしくない武器だった。

「今の俺がエッケザックスを使ったら、殺しちゃうじゃないか」

「……はぁっ⁉」

何も、殺すことはあるまい。

殺さなければ勝てないわけでもなく、使わないと勝てないわけでもない。

であれば、使う意味がない。

成長した祭我は、正しい判断をしていた。成長とは、時に残酷なものである。

「し、しまった……強くしすぎた……！」

「今回は素手で倒すからさ、また強敵と戦う時とか、たくさんの敵と戦う時まで待っててくれ」

「それはいつだ⁉」

「そんなこと聞かれても……」

昔のトラウマを刺激されて絶句している相棒に申し訳なさそうにしながら、思い出したように自分の女へ告げていた。

「ハピネ、ツガー」

「なに？」

「……なんでしょうか？」

「これからの戦いは、スナエのための戦いだ。はっきり言って、かなり荒っぽい」

見ないほうがいいし聞かないほうがいい、と言う祭我。

これは、強さを誇示するための戦いだ。穏便に倒してなあなあで終わらせることはできない。

祭我が圧倒的に強いことを、この会場の誰もが知り、恐れさせなければならない。

「こういう時、未来が見えるっていうのは考えものだって思うよ……」

決然とした表情で、祭我は試合会場に出る。

目の前には、青ざめている第六戦の対戦相手がいた。

マジャン＝トレス。今回の試合で、唯一のマジャン王家出身者だった。聞くところによれば、トオンの異母妹であるらしい。

表情こそ既に負けを悟ったような顔だが、その体つきはとても鍛えられている。王気を宿す王族として、幼い頃から鍛えてきたのだろう。

おそらく、彼女に比べれば自分の鍛錬など付け焼刃もいいところだろう。

まず間違いなく、この御前試合で一番鍛錬が足りないのは自分だった。それでも、退くことはできない。

「……大変申し訳ないが、一番ひどい目に遭うのは君だ」

ランが一つ前の試合で圧倒した以上、自分は更に相手を打ちのめさなければならない。

加えて、自分を婚約者として選んでくれたスナエへの礼儀でもある。

自分に多くの出資をしてくれたバトラブへの礼儀でもある。

「君には俺を罵倒する権利がある。君には俺を軽蔑する権利がある。君には俺を憎悪する権利がある」

自分が如何にぶっ壊れて強いのか。理不尽ででたらめで、お話にならないのかを示す義務があった。

「俺は、アルカナ王国四大貴族、バトラブ家の切り札にして次期当主、瑞祭我。マジャン＝スナエの婚約者だ、その武勇を君の体で証明する」

祭我は予知していた。

この試合の結果が、如何なるものなのか。既に決着まで見えている。

なんとも残念なことに、彼女にとって、最悪の未来しか見えない。

「後で文句をつけてはいけないルールだけど、君に限っては文句を言っていいと思う。それぐらい俺は狡《ずる》いからな」

王気、神降ろし。

誰もが拍子抜けするほど、見知った術が発動する。

人間のシルエットを保ったまま、その肉体が深い体毛に覆われていく。

「いやあ……本当に申し訳ない。俺はランと違って、悪血の制御に慣れていない……！」

悪血、銀鬼拳。

観客の誰もが、己の目を疑っていた。

神降ろしではあり得ざることに、先ほど見た凶憑きのそれが彼の体に起きている。

彼の全身の体毛が、銀色に燃え盛っている。

「戦いの高ぶりを抑えきれない！」

影気、影降ろし。

銀色に燃え盛る二足歩行の狼が二人、何の前触れもなく新たに現れる。

それを見て、誰もが己の認識を疑いながら確信していた。

「大丈夫、怪我をしても人参果がある。死なない限り、すぐに治る！」

浸血、爆毒拳。

二人の分身が、互いの肩に手を触れる。

すると銀色の狼が更に変色していく。燃え盛る光沢をそのままに、更なる色が加えられていく。

「君も全力を出してくれ！」

魔力、魔法。

三体の狼の足元から炎が吹き上がり、その体を上昇させていく。

「罵声は後で聞く、謝罪は後でする！」

玉血、四器拳。

狼達の握りしめた拳が硬化する。

「君は死んでも文句は言わないと誓っているが！」

時力、占術。あるいは星血、亀甲拳。

生み出した分身は、既にどう動くのか決定されていた。

「まさか、ここまでされるなんて思っていなかったはずだからな！」

バトラブの切り札、瑞祭我。その体には、あらゆる気血が流れている。

そして、そのすべてを同時に並行して使用することが可能だった。

狂ったように笑うその姿は、皮肉にも凶憑きそのものだった。

「後悔してももう遅い、死なない程度に、ぐしゃぐしゃにする……！」

祭我は人間離れした姿になりながら、人間離れした表情を浮かべていた。

神から直接力を手渡された彼は、己の優位を開帳していた。

「どうした、とっとと神獣になれよ」

「あ」

「今襲われてもいいのか！」

「ひっ……！」

およそ、これほど情けない神降ろしの神獣もいないだろう。

恫喝《どうかつ》され恐怖におびえながら、生存のためだけに最大強化を行うなど前代未聞だった。しかし、誰がそれをとがめることができるだろうか。

今までの五人とは格が違う。誰がどう見ても明らかだ、彼は今まで見た、あるいは初めて見る術を同時に使用している。

影気、王気以外の全てを知らないマジャンや周辺諸国の面々も、前提として知っている。一人の人間には、一つの力しか宿っていないはずだと。だからこそ、一人につき一つしか術はないのだ。

それをすべて同時に使うなど、あまりにも前提が狂いすぎている。今までの試合でさんざん猛威を振るった、異国の技をも覚えているのであればなおのことに。

「それでいい……これで、お前が死ぬことはなくなった！」

悪血を最大に活性化させた状態を常時保てるのは、凶憑きであるランだけ。最も消費の激しい再生能力を使用しなかったとしても、祭我が銀色の体毛をなびかせることができるのはせいぜい数分が限度。

とはいえ、それまでには確実に勝負がつく。

今の祭我を相手に、十分も時間を稼ぐなど、ただの神降ろしには不可能だ。

「ジェット、ナックル！」

火の魔法によって加速し、全体重込めて飛び込んでいく。

三体まとめて、地上の流星となって眼下の獣へ着弾する。

『がっ……』

「この手ごたえだ……予知できない、殴った感触だ！　これが欲しかった！」

暴力の愉悦に震える。

己の拳で敵を打ちのめす快感さえ増幅されて、顔が喜びにゆるんでいた。

あまりにも隙だらけな瞬間だったが、しかし反撃はない。

三体分の打撃、その拳の痛みは神獣に抵抗を許さない。

「どうした？　このまま予知通りに打たれっぱなしか！」

祭我は狂気に身をゆだねる。

殺すつもりなら、体に触れた時点で爆毒拳を使えばいいだけだった。

無力化するなら、酒曲拳で前後不覚にして打撃を見舞い続ければよかった。

だが、それをしない。それは趣旨に反する。

普段の王族がそうしているように、祭我もまた一方的に弱者を嬲《なぶ》らなければならない。

「お前は強いんだろう！　さあ、さあ、さあ！　俺に負けるな！　俺から逃げるな！　俺に立ち向かえ！」

本体が獣の頭部を摑んでいる間に、二体の分身が飛び退いて法術の壁を形成していた。

「ブライト・ジェットプレス！」

法術の壁を前方に展開し、挟み込む形で火の魔法で推進しながら神獣を押しつぶす。

観客の誰もが、その攻撃が命中する前に目を閉じていた。

わかってしまう。見るからに痛いのではなく、見るまでもなく痛いとわかる。

『ぎゃっ……ああああ、あああ……』

直撃を食らった彼女は、目をそらすこともできない。

巨大な壁に圧殺される痛みは、目を閉じようと逃れられるものではない。

「おいおい、そんなに痛いわけがないだろう？　法術の壁は軽いからな！」

挟み込んでいた法術の壁が同時に消え、代わりに本体が振りかぶった拳の周りに巨大な籠手《こて》が出現していた。

本来存在する意味がない、法術の攻撃用防具だった。

「普通に当てたほうが痛いはずだ！　だから抵抗できるはずだ！」

地面に降り立ち、両手を籠手で覆って打撃を行う。

既に心が折れている神獣は、なされるがままに受けるしかなかった。

「殺意はない！　全身全霊で、手抜き全開だ！」

軽いと言ってる拳が降りぬかれるたびに、赤い血が飛び散っていく。

当然、地面を染めていく血は祭我の血ではない。

「さあ頑張れ！　試合だぞ！　王様が見てるんだぞ！　スナエが、トオンが見ているんだぞ！」

己を鍛え抜き、この試合に選び抜かれた女性の顔を、殴打する。

「格好いいところを見せないといけないぞ！　お前もそのつもりだったんだろう!?」

自分の愛する人の家族を、この手で痛めつけている。

「俺のことを、こうするつもりだったんだろう!?」

当然のことに怒りながら、癇癪を起こしている。

「スナエの前で、恥をかかせてやるつもりだったんだろう！」

大きな声で、大きな拳で、圧倒して打ちのめしていく。

それは恐怖であり、相手の抵抗する気力を削りえぐるものだった。

「その爪で、牙で！　俺のことを引き裂いてずたずたにするつもりだったんだろう！」

彼女達は勝ちに来ていた。

祭我達を相手に七戦七勝し、そのままヘキ達へ挑み、さらに勝つことでトオンを逃げられないようにするはずだった。

スナエの婚約者である祭我のことも、一方的に叩きのめすつもりだったのだろう。

「俺に王気が宿っていないと思って！　俺に勝てると思って！　見下してたんだろう！」

この程度の分際に、自分が劣っていたと思われていたことが許せない。

「今だって、俺のことを勘違いしているだろう！　俺が反則だって、でたらめだって、こんなの勝てるわけがないって思ってるだろう！」

二体の分身が、地面に手を触れていた。

爆毒拳の浸血が二人の足元に染み渡り、その足場を染め上げていた。

「俺が、今まで負けたことがないとでも思っているんだろう！」

興奮が極まって、理不尽を通り越してただ愚痴を叫んでいるように感じられた。

それでもあらかじめ決めておいたように分身が動いていく。

上に乗っているものを、吹き飛ばす程度の爆発。

それによって、殴打されている神獣が土煙とともに上空へ舞い上がる。

「全ての力を宿しているから！　それだけで楽勝だとでも思っているんだろう！」

多くの観客に見えるように、二メートルほどの高さの法術の『台』を作り出して、その上で打撃を加え続ける。

「こっちは負けっぱなしだ！　好きな女の子の前で、情けないところを見せてばっかりだ！　傷ついてるし、恥かいてばっかりだ！　しょっちゅう落ち込んで、いつもかっこよく勝ちたいって思ってるんだよ」

法術の台を解除して、上空から踏みつける。

地面に落としながら、火の魔法で押し込む。

「期待してたか!?　スナエのお母さんに気を使って負けてやるとでも思ったか!?」

地面に倒れている神獣を、力任せに蹴り飛ばす。

法術越しではなく、四器拳で足を強化した上での蹴りだった。

切断こそ不可能なものの、その強度は神獣を超えている。

明らかに、痛い音がした。

「この戦いの後、スナエがお母さんと仲良くなるとか、こっちは期待してねえよ！　そんな都合のいい妄想で、こんなことするとでも思ってるのか！」

誰かに嫌われる、誰かに恨まれる、誰かに憎まれる。

それが悲しいことだということは、祭我もよく知っている。

スイボクでさえ、取り返しがつかないことだと嘆いていたことを知っている。

だが、誰かに嫌われることを、スナエもトオンも恐れていない。

そんなことよりも重要なことがあると、彼らは知っているからだ。

誰にも嫌われずに生きていられるなど、そんな甘い考えはただの妄想だ。

「負けるのはみっともないし、カッコ悪いし、がっかりされるんだよ！　お前もそうなるんだよ！」

地面に倒れている、ぼろぼろの神獣。

命惜しさに最大強化を維持している彼女の脇に、二人の分身が歩み寄った。

「俺は！」

爆毒拳に侵された、二体の分身が爆発する。

「スナエの男だ！」

爆風が終わった後、そこには倒れている女性の姿があった。

「スナエが望むなら、スナエの母親だって敵に回す！」

銀色の炎が収まり、そこには脱力した男が立っている。

「……俺は、『対戦相手』に優しくできるほどお人好しじゃない。それは、一緒に戦ってくれるみんなへの侮辱だから」

ぴくりとも動かない、倒れた女性に背を向けていた。

「そうありたい、そうあるべきだから」

新術

「死にたい……」

席に戻って座り込んだ祭我はものすごく落ち込んでいた。

普段ならあそこまで興奮することはなかったのだが、それでも明らかに何かが振り切れていた。

「おそらくですが、精神的に楽になっていたことがあるのでしょうね。相手がフウケイ殿や師匠ではなく、ごく普通の相手。普段から鬱憤となってたまり込んでいたものが、噴き出たのでしょう」

「山水……分析ありがとう」

「修行が足りませんね、公の場で使うには悪血の習得が足りません」

「……正直に言うけど、お前に頭をつかまれて抑えられる可能性もあった」

「度を越えていれば、そうしていました」

最悪の場合、山水が止めてくれるだろう。

それが安易な暴走を引き起こしていたのかもしれない。

とはいえ、最悪の一線は越えなかった。

もちろん、その最悪の一線がだいぶ低いことは否めないが。

「どうして俺って、そこそこ勝負になる相手と戦えないんだろう……」

落ち込んでいる祭我は、すねたようにそんなことを言っていた。

「一生懸命頑張れば、なんとか勝てる程度の相手と戦って勝ちたい……」

山水とかフウケイとかスイボクとか、祭我のインチキさをもってしても歯が立たない相手と戦ってしょっちゅう負けている。

「なんで絶対に勝てない相手とか、勝っても面白くないし自慢にならない相手とばっかり戦ってるんだろう……」

「それは失礼ですよ、相手は第六戦にふさわしい技量をお持ちだったと思います。心が既に折れていたため、実力を出すことはできていませんでしたが。エッケザックスの作戦勝ちといったところですね」

山水が褒めるものの、己の主同様にエッケザックスも落ち込んでいた。

何もかもうまくいっていたが、その結果自分が放置である。なんでこんなことになってしまったのか、生真面目な彼女にはわからない。

「もうわかってしまった……そのうち我はまた捨てられるのだ……強くなったら我は用済みなのだ、ダインスレイフの言う通りだったのだ……」

以前スイボクに捨てられた記憶がよみがえったのか、どこまでも落ち込んでいる。

彼女の哀しみは、どこまでも深かった。だがしかし、山水がそれを慰めるのもおかしなことだった。

何よりも、いよいよ彼の出番である。

「さて、私の番ですね」

腰に木刀を下げている男が、気負うことなく立っていた。

今まで戦った戦士の中で一番若く見える男が、全員からの信頼を背負いながら試合に臨もうとしていた。

この世の誰よりも、全てを任せられる『切り札』が総大将として前に出ていた。

「サンスイ」

その彼の背に、彼の主であるドゥーウェが声をかけていた。

「飽きたわ」

「……」

誰がどう見ても、誰がどう聞いても、彼女は全面的に飽き飽きしていた。

「相手を一方的に打ちのめして叩きのめして、泣かせて絶望させて……それが楽しいのは最初だけよ。六度も繰り返せば、さすがに冗長だわ」

所作が、言動が、それを示していた。

「これでハーン王のお体がよくなると思う？　これならおいしいお肉とお酒を、私が食べさせてあげたほうがずっといいわ」

その声が、絶望で静まり返っている会場に不思議と響いていた。

「命じるわ、さっさと終わらせなさい」

「……承りました」

その横柄で傲慢な言葉の中に捉えられないものを、秘められた気配を、山水は感じ取っていた。

「お嬢様」

「何？」

「少々余計な遊びをいたしますが、飽きさせることなく速やかに終わらせます」

派手に戦う必要はない、地味に見えてもそれはそう命じられたから。

言い訳の余地をもらった山水は、観客全員の注目を浴びながら前に出た。

アルカナ王国最強の戦士。

凶憑きやすべての資質を持った男よりも、強いと言い切れる男が試合をしようとしている。

下手をすればこの地の全ての者が巻き添えで死ぬのではないか、と案じているのかもしれない。

静かな男は、質素な服装で試合会場に進み、中央でいきなりハーン王の席の前で座っていた。

地べたに正座して、ひれ伏していた。

それがこの国の礼儀ではなくても、最大の礼儀であることは目に見えて明らかだった。

「我が祖国の礼ですが……この度は、誉ある御前試合にて、最後の一戦を戦うことを許していただき、誠に感謝しております。改めて、ハーン王に感謝を」

それは、さほどおかしなことではない。異国の戦士が、自国の王に最大の礼を尽くすのは当然だった。

しかし、先ほどまでの戦いによって心を折られていた面々は、それに驚いてさえいた。

「……シロクロ・サンスイ。お前が、アルカナ王国最強の戦士、ということか」

ハーン王は先ほどの祭我の暴走を見て、もしや彼もそうなのではないか、と疑ってさえいた。神降ろしをさらに超える暴力を持って、荒々しく暴れるのではないかと。

それを否定するように、山水はあくまでも静かに礼を尽くしていた。

「はい、アルカナ王国では、恐れ多くもトオン王子や祭我様へ指導をさせていただいております」

トオンはこの国では敵なしとされた剣士だった。

影降ろしであるがゆえに神降ろしに及ばなかったものの、国中や諸国から剣士として尊敬されていた。

その彼に、幼さの残る剣士が指導するなど考えられなかった。しかし、それは第五、第六戦の試合を見るまでの話であった。

「先ほど祭我様が興奮し、心にもないことを申していましたが、それも私の至らぬが故でございます。アルカナの名誉のためにも、恥じることない戦いを行わせていただきます」

「……そうか、息子が世話になっていたらしい。今後も任せていいのか、この一戦で見させてもらう」

「快気を願いまして全力で戦わせていただきます」

静かに立ち上がって、最後の戦士は対戦相手を見据えた。

落差があった。今までの猛《たけ》りに満ちた戦士達とは異なり、ただそこに立っているだけだった。

腰に木でできた剣を下げているだけで、これから戦うという雰囲気を持っていなかった。

それが不安を誘うのだが、演技にも見えないし、看板だけ強そうに見せているとも思えない。

「スイボクの弟子にしてソペードに仕える剣士、白黒山水、と申します」

矜持《きょうじ》がある。声を張り上げることもなく、体を大きく見せる威嚇《いかく》はなく、しかし語った言葉には確かな自信があった。

「バイゴウ国王女、バイゴウ＝シヨキ、だ」

「よろしくお願いします」

もう語ることはない、と腰の剣を抜く。

それが木でできたただの剣であることなど、この場の誰にも分かるはずもない。

しかし、バイゴウ＝シヨキは目の前の彼のことを知っている。

つい先日、彼がどんな術を使ったのか、伝聞ではあるが聞いているのだ。

相手の位置を変える術、木刀の威力を上げる術を使う。

それは初見では対応できないものだったが、今は知っている。

少なくとも、先日の襲撃者ほどの無様をさらすことはないと思っていた。

「……！」

それでも、目の前に突然移動していれば、身が固まる。

予備動作も音も一切なく、バイゴウ＝シヨキの前に突如として出現した山水。

木刀を持ったまま たたずんでいる彼を前に、逆に彼女も攻め手を出せずにいた。

観客達も来賓も、山水が移動したことに気付くまで数瞬という、戦闘中には長すぎる時間を要していた。

なぜ山水が動かず、ただたたずんでいるのか。

如何に神獣になっていないとはいえ、対戦相手の手が届くところに移動したのに、一切手を出さないのか。

それがわからないまま、彼女は祭我がしたように人間の姿を保ったまま体毛で体を覆う。

身体強化し、そのまま爪を振るおうとした。

「内功法、瞬身功」

当然、山水は遅かった。仙術によって速度を上げていたが、バイゴウ＝シヨキよりずっと遅かった。

「気功剣法、十文字」

遅かったが、先に当たったのは山水の木刀だった。

木刀の切っ先が木刀を握っている手よりも速いのは当たり前だが、それを加えても山水の攻撃速度はバイゴウ＝シヨキより遅かった。

それでも彼女の右腕が伸び切る前に、無防備な左腕に命中していた。

機先を制する。

術によって間合いを詰めた山水は、あえて彼女が反撃するまで待っていた。

待った上で、彼女が動き始める一瞬前に木刀を振るい始めていた。

彼女が無防備な状態から攻撃へ意識を傾けた一瞬をついて、不意を突かれる以上に無防備となった左腕に攻撃を当てていた。

「……軽い！」

無防備な左腕が吹き飛ぶのかと思っていた、しかしただの打撃に対して強化された肉体は耐えていた。

さほどの痛みもなく、踏み込みながら右腕の攻撃を続行する。

それに対して、山水は膝を折りながら身をかがめて回避しつつ、頭上を通り過ぎる右腕を叩いていた。

「軽いぞ！」

全く無意味な攻撃をされている、とは思えない。しかし、間合いにいる以上攻撃するしかない。

踏み込んだ左足を軸にして右足で蹴り上げる。

当たるという確信があった。当たるはずだった。

当てるつもりで体重移動していた、全力で降りぬいていた右足。

空を切っていた。

第三者である観客達、あるいは貴人を守る衛兵達、そして実力者でもある貴人達は見た。

一切手加減なく打ち込んでくるバイゴウ＝シヨキの攻撃を、悠々と紙一重で回避しながら淡々と打撃を入れていく超絶の剣士の技を。

バイゴウ＝シヨキが山水を見失う。第三者の目線を持たない彼女は、攻撃に使用している『自分自身の腕や足』の影に隠れて回避した山水に対処できない。

手が届く場所にいる相手に触れられない、鼻先に触れるかという距離にいる相手を見つけることもできずに、バイゴウ＝シヨキは焦燥していく。

「ど、どこだ！」

山水を完全に見失った彼女は、うろたえながら左右を見渡していた。

確信があった。相手は何かの術によって身を移動させたのではない、ただ体さばきで死角に移動しただけなのだと。

それを裏付けるように、山水は一服しているような表情で彼女の背後で背中合わせに立っていた。

滑稽にも見えるそれを、誰もが冷や汗と緊張で瞬きもできずに見守っていた。

仮に、不完全とはいえ神降ろしとある程度追い付ける速度があったとして、相手を優越する技量があったとして、それをこの場で平然とこなし続ける神経がわからない。

「後ろか!?」

「そうです」

振り向く彼女に合わせて、振り向きざまに木刀で頭部へ打ち込む。

さすがに頭部へ直撃すれば、軽く火花が脳内を飛び交う。それが不意を突かれたならば当然だった。

そこへ、畳み込むように連続で攻撃を行う。腕を、足を、腹部を、防御しようと抵抗する、木刀を摑んで封じようとする彼女に何もさせずに打ち込み続ける。

「がっ……!」

最初からできたことを、わざわざ待ちながら行う。

自分にこれだけの技量があるのだと、相手をあしらいながら掌で踊らせる。

速度はともかく、技量でいえば理解できるし納得できる。一つ一つの動きは、単純でわかりやすい。しかし、連続で成功させ続けるなど尋常ではない。

なすべきことを、最善の行動を行い続けることができる。それを人は理想と呼ぶ。

武術の基本を、誰が相手でも、どんな時でも『平常』に行える究極の境地。

「ぐ、があああああ！」

全速力で後方へ離脱する、バイゴウ＝ショキ。

体術の次元が違う、と理解できたのは当然だった。少なくとも、目の前の相手に格闘をするのは無謀極まりない。

不安は残るが、どのみち他に選択肢はないのだ。

王気を高ぶらせて、巨大な獣に転じる。防御力を底上げして、ひるまないようにする。

この御前試合が始まるまでは、最強であると疑っていなかった、四足歩行の獣に変化する。

『があああああああああああああああああ！』

「仙術、外功法」

それを見届けると、山水は静かに腰へ木刀を戻していた。

目を閉じて、戦闘が終わったと、演出が十分だと判断していた。

「崩城」

『あーーーーーーーー』

見上げるほど巨大な獣が、崩れた。

慣用句として膝を折るとか、腰を曲げるとか、そういう問題ではない。

巨大になって四足歩行へ移行した彼女の、その肘関節や肩関節、手首足首。動物が行動するために必要な四肢の関節が、全部同時に『脱臼』していた。

言葉を失い続けていた誰もが、何の前触れもなく壊された彼女を見る。

神獣が解除され、地面にひれ伏している彼女を見る。

手足をもがれた虫のように身動きのとれなくなっていた彼女を見る。

「バイゴウ＝シヨキ様、これも試合の習い。どうかお許しを」

人体の重要な部位が、全部同時に外されるという激痛に、二重三重の意味で身動きもできない彼女へ山水は一礼した。

「ハーン王、これにて第七戦を終わらせていただきます」

その後、あまりの結果に開いた口が塞がらないハーン王とその親族の集まっている席へ一礼する。

「お嬢様、お待たせして申し訳ありません」

最後に自分の陣営に一礼すると、そのまま試合会場に出る前と変わらずに平然と己の席に帰っていく。

地味、というにはあまりにも鮮烈な結果。

致命傷ではない、というにはあまりにも絶望的な結果。

剣術仙術、憂いなしと言い切れる男は底を見せることなく試合を終えていた。

惨敗

七戦が終わり、一応の決着を見た。

しかし、戦いそのものよりも重要なことがある。この戦いの結果に対して、各人がどう思うかであった。

七戦全敗。その事実だけで惨敗であったが、どの戦いも一方的なものだった。

何一ついいところがなく、ぼこぼこにされ続けただけ。ドゥーウェの言葉は半ば真実であり、面白くないと言われれば真実であろう。

見るに堪えない、という言葉も適切ではあった。痛々しくて、という意味で。

「ぐ……」

手首足首、肘膝、肩股関節。

それらをすべて脱臼するという異次元の状況に、バイゴウ＝シヨキは身動きも許されなかった。

とはいえ、脱臼は脱臼。ある程度心得のあるものなら、治そうと思えば治せる。

「腱も切れていません、これで大丈夫のはずです」

「ああ、感謝する」

骨を組みなおされた彼女は、礼を言いつつ寝転がっていた。首を傾けると、他の戦士達も治療されており、自分が幸運であったと再確認する。

アルカナ王国からトオンが連れてきた法術使い達は、その術を公然の場で使い、各国の貴人が見守る中、試合の敗者達を治療していた。

逆に言って、法術使いが活躍するほど、この国の医療技術では追い付かない怪我を負った戦士が多かった。

四器拳ヤビアと戦ったシャンチ＝エンヒは止血や接合こそ済んでいるものの、手を切断され腹部も割かれていた。

爆毒拳スジと戦ったシャンチ＝ケスリは全身に軽い火傷を負い、広い範囲で皮膚を失っていた。

酒曲拳カズノと戦ったドンジラ＝ガヨウは、全身の骨をいびつに折っていた。

霧影拳コノコと戦ったデイアオ＝ヒンセは、気管が潰れかけており頭部にダメージを負っていた。だがそれでも、他の者よりは怪我が軽い。

銀鬼拳ランと戦ったデイアオ＝ウトウは、比較的マシなことに腹部へ打撲を受けている程度。

瑞祭我と戦ったマジャン＝トレスは一番深刻なことになっていた。羅列するにも痛々しい。

白黒山水と戦ったバイゴウ＝ショキは、脱臼ぐらいで済んでよかったと思うべきだろう。

試合会場のすぐ近くのテントで、敗者達は貴人に囲まれながら治療を受けていた。

各国の王になれる、というほどではなかったとしても上位に位置する王女達は、今法術の実験体となっていた。

もちろん、処置しなければ死ぬか、取り返しのつかない傷を負うことになっていただろう。

まさに、恋は命がけ、というところだろう。

確実に、こういう意味ではないはずだが。

「他の方は処置が終わりました。ただ、マジャン＝トレス様は……法術では治しきれませんね」

「人参果の果汁を投与しましょう。ここまで弱っていれば、一個分すべて投与しても問題ないはず」

法術の輝きによって、軽い怪我も重い怪我も目に見えて治療されていく。

法術では治しきれない怪我に関しては、人参果が投与された。欠損さえ回復させる伝説の果実は、いともあっさり怪我を治療する。

それを見る各国の貴人達は、この国へもたらされた術の有用性を認識していた。

「スゴイもんを見たな」

ハーン王は、想像を絶した結果の証明である王女達を前に、トオンやヘキへ語りかけていた。

まるで悪夢のような光景だったが、それは確かに起きたことなのだと目の前に並んでいる。

「前半の四人は、まあそういう奴もいるだろうとは思っていたが……ランもサイガも、サンスイも、あり得ないほど強かったな」

「ああ、スナエや兄貴にゃ悪いが、ここまで一方的な試合になるとは思ってなかったぜ」

現役の王の言葉にヘキも頷く。これはあまりにも、想定外に強すぎた。

各国の王族も、それを認めざるを得ない。

自分達こそ他とは比べ物にならないほどの実力者である、と信じて疑っていなかった。

しかし、世界は広い。後半の三人は王を相手にしても負けないだろう。それどころか、この場の貴人が総がかりでも及ばないと確信できる。

「父上。王気を宿さぬ私に、神降ろしの何たるかを語ることはできません。重要なことは……公正で公平な戦いの結果が、これであるということです」

スクリンにとっても、その陣営にとっても、とてもつらい言葉だった。

ここまで一方的でどうしようもない結果が、自分達の実力なのだと、トオンが言い切っているのだから。

「スナエの言葉が、正しいのでしょう」

神降ろしは、最強でも無敵でもない。

少々珍しいだけの、ただそれだけの魔法なのだと言い切っていた。

しかし、それを否定する材料は、もはやどこにもない。

「父上、私は王家の生まれとして王気を宿し、そのことを誇りに思ってきました。ですが……」

兄に続く形で、スナエも悲しい事実を口にする。

「はっきり申し上げて、兄上の影降ろしを羨ましい、と思わなかったことがないわけではありません。影降ろしや凶憑き以外と戦う時は、神降ろしが絶対的に優位だったことがないのです」

マジャンやその周辺を出ると、今まで通りにはいかなくなった。

最大の神獣化こそ唯一絶対の解答と思い込んでいたが、それは間違いだったのだ。

強いとは、個体として完結するものではない。どんな環境で戦うか、誰を相手に戦うか、それが決めることなのだろう。

「そもそも、神降ろしに比べて下とされる影降ろしが、絶えることなく今日まで存続してきたこと自体が、影降ろしの優秀さを表しているのではないですか？」

影降ろしでは、神降ろしに絶対勝てない。この近隣では、神降ろし以外には一切の術がない。にもかかわらず、影降ろしは存続し続けてきた。

「神降ろしは、決戦に強い。影降ろしは、それ以外のほぼすべての状況に適応できる。だからこそ、どの国でも求められていたのではないですか？」

何の術も覚えていない相手に強い、という程度ではない有用性が確かにあったはず。

それはスナエ自身も幾度となく実感してきたことだった。

「母上」

「……なんですか、スナエ」

「私達は、人間です」

とても、つらいことを言っていた。

「祖霊の偉大さは変わらずとも、その力をお借りしている私達は、ただの人間です。他の術の使い手に後れをとり、敗北することもある……」

思い出すのは、スイボクの告白だった。

己の兄弟子を前に、絶大な力の差を示し続けた。

自然災害を手足のように操り、神域の剣術が同居した怪物を見た。

その彼が、どれだけ真摯に武を修めていたのか知っている。

「母上、私達王気を宿した王族は、特別な人間です。特別な人間同士で切磋琢磨し、研鑽してきたのです。弱いわけがない。ですが、それでも……私達よりも更に特別な人間がいて、同じように必死で己を磨いているのです」

あの彼を見て、自分達は強くて努力しているなどとは口が裂けても言えない。

「認めましょう、母上。私達は、強い。しかしもっと強い相手がこの世界には存在し、私達と違う形で己を高めているものもたくさんいるのです。もしも、遠い未来にこの国が他の文化圏から進攻されれば、その時には……」

「そんな……」

この場の誰もが、この状況を深刻に考えていた。

公の場で神降ろしの使い手が惨敗した。

それも、後半の三人はまだしも、前半の四人は明らかに雑兵だった。

雑兵を相手にしても、神降ろしの精鋭は勝てなかった。

この場の貴人もさることながら、国民が見てしまった。

おそらく、観客達だけではなく多くの国民にも伝わるだろう。

「そんなことのために、こんなことをしたのですか！」

つまり、王家を抜ける二人の兄妹が、王家の威信に砂をかけたのである。

「もしも、遠い異国から進攻されれば、この国も周辺の国も侵略される!?」

これから今すぐ、確実に発生する事柄に関して彼女は憤慨していた。

「それは何年後ですか、何十年後ですか、何百年後ですか！」

彼女にとって重要な『今』を、自分の息子と娘が汚したことが許せなかった。

「なぜそんなことを、今の私達が心配しなければならないのですか！」

「火急の事態になってからでは遅いのです！　私の配下も婚約者もサンスイも、大慌てで神降ろしの対策をしたわけではありません！　もちろん神降ろしに対してどう戦うのか指導はしましたが……」

「ならば、それが敗因でしょう！　貴女は私に恥をかかせたのです！」

もうおしまいだった。

スクリンの野望は完全に断たれていた。

トオンを王にする野心は、ここに潰《つい》えていたのだ。

「王族の威信は、命よりも重いのです！　スナエ、貴女はそれをなんだと……」

「母上、私は……」

「黙れぇあああぁ！」

ハーン王の怒声が、大地を揺るがすほどに響いていた。

「スクリン、お前は何をボケたことをほざいてやがる！　お前が集めた、お前が声をかけた、お前のために戦った奴らの前で、情けなくてみっともなくてどうしようもねえことを言ってんじゃねえ！」

王として、一番大事なことを叫んでいた。

「何を被害者面していやがる！　お前がまずあの子らに謝れ！　労《ねぎら》え！　違うか！」

これが、病に倒れていた王の覇気とは思えなかった。

この国最強の雄は、自分の女の醜態を怒鳴りつけていた。

「お前が俺と決めた約束通りに戦わせた結果がこれだろうが！」

「で、ですが……王気、神降ろしの威信が……」

「俺の前の試合で、八百長しろってか!?　そこそこのをそろえて、適当に戦わせてりゃあよかったってか!?」

「し、しかし……歴史に傷が……」

「負けるのが嫌なら、戦うんじゃねえ！」

強者の国、その王が誇りを示していた。

「負けるのが恥だってんなら、勝つってことは相手に恥をかかせるってことか!? ふざけんな、そんな理由で戦うんじゃねえよ！」

憤怒した王は、敗者達をいたわり、ねぎらっていた。

あるいは、未知の強者から逃げなかった彼女達の名誉のために、力の限り叫んでいた。

「いいか！ 弱い奴が逃げるのは恥じゃねえ！ 戦うって言った奴が戦いもせずに逃げるのが、強い奴がもっと強い奴を前に逃げるのが恥なんだ！ あいつらは、全員逃げないで戦っただろうが！ それのどこが恥ずかしい！ それともなにか、お前がその恥を雪《そそ》ぐために、あの三人と戦えるのか！」

「それは……」

「だったら黙ってろ！ 強いくせに自分の血を流す度胸もない奴が、こいてるんじゃねえ！」

今が大事というのなら、今まさに戦った彼女達をこそ、王は大事に思わなければならない。

それが礼儀の根幹というものだからだ。

「一番大事なのはそこだろうが！ 間違えてんのはお前だ！」

「……申し訳ありません」

「俺に恥をかかせたのはお前だ！　とっとと失せろ！」

王に一喝されれば、もはや彼女に居場所はない。

一礼して、去ることしかできなかった。

その背中には、敗者の哀愁が漂っていた。

「……スナエ、いい男を見つけたな」

「はい」

「トオン、いい師を得たな」

「はい」

この場の誰もが、戦士としての力を持っている。

だからこそわかるのだ。あの試合で戦った誰もが、必死で力を積み重ねた強者なのだと。

「恵まれた資質だとか、恵まれた環境だとか、そんなことは些細なことだ。お前達が得た奴らは、全員必死で強くなっていた。強くなり続けていた」

祭我など顕著だった。

あんなに強い必要がない。

神降ろしを相手に、明らかに手を抜いていた。手を抜いた上で、圧倒して蹂躙《じゅうりん》していた。

彼に恵まれた資質があるとしても、あり得ないほど強かった。

それだけ、強くなりたいと思っている証拠だった。

「ヘキィ！」

「お、おう！」

「他のガキどももだ……よく聞けえ！」

マジャン＝ハーンは一国の王として、己の子達に試練を課していた。

「負けっぱなしじゃあいられねえぞ！　十年、いいや五年だ！　お前らはスナエに負けねえ部下をそろえて、今度はこっちがアルカナに殴り込みだ！　今度は全敗なんてみっともないところは見せられねえぞ！」

戦って負けたなら、戦って勝てばいい。

同じ失態を繰り返さないために、もっと強い国になればいい。

「いやあ楽しくなってきやがった！　なあ、おい！　こっちが攻め込んで侵略するぐらいの勢いで強くなるぞ！」

強い王は、負けっぱなしではない。

負けたら勝てるように努力する、当然の理屈だった。

落着

御前試合が終わった後、その夜に参加選手だけがハーン王とともに宴へ参加することが許されていた。

王の前で行われる御前試合がそれだけ崇高で名誉なことである証明であり、同時にその国最強の男である王から直接評価をもらえるということであり、王の胸の内を聞くことが許されているということだった。

「俺の顔に泥を塗りやがって！」

つまり、王も割と好き勝手に言いたいことを言えるということだった。

自分の娘が見つけてきた祭我の胸倉を片手でつかみ、座ったまま持ち上げていた。

その顔には、素の怒りが燃え上がっていた。

平素なら彼の息子や娘が止めるところだが、当然参加選手の中に彼を止めていい人間はいない。

アルカナ王国側の人間も、言われるだろうと思っていたので、止めるに止められない。

「てめえ覚悟はできてるんだろうなあ！」

「すみません、すみません！」

「ああん⁉　試合の時の威勢はどこに行きやがった！」

「ごめんなさい、許してください！」

「男があっさり謝るんじゃねえ！」

「勘弁してください！」

「あれだけのことをして、こいてんじゃねえぞ！」

祭我がその気になれば、それこそハーン王であろうと敵ではない。

しかし祭我もまた自分の不当さを理解しているので、なかなか抵抗できなかった。

「サンスイ！　お前も師匠ならきっちり躾けとけ！」

「申し訳ありません」

「ああ、まったくだ！　試合前に謝ってなかったら、ぶち殺しているところだ！」

試合の時同様に、ひれ伏して謝罪している山水。

他を寄せ付けぬ実力を持つ二人が、異常に腰が低い。

その異様な光景に、スクリン側の戦士、王女達は何とも言えないもやもやを抱えていた。

「ったく……まあこっちもスクリンの奴がボケたことほざきやがった手前、偉そうなことは言えねえからここまでにしておいてやる」

比較的狭い部屋に集められた十四人を前に、ハーン王は豪華な料理をいらいらしながら食べていた。酒もぐびぐび飲んでいる。それこそ一人で酒も料理も食い尽くす勢いだった。

「……すみませんでした」

「お前もアルカナのバトラブだかの跡取りなんだろう。だったらあんな風に思ったことべらべらしゃべってるんじゃねえぞ」

本当は、さっきの段階でこれを言いたかった。

だがスクリンとスナエが言い争っていたあの状況では、他に何を言ってもドツボだった。

「……シャンチ＝エンヒ、シャンチ＝ケスリ、ドンジラ＝ガヨウ、デイアオ＝ヒンセ。未知の相手によく戦った。お前達が弱かったんじゃねえ、俺がやっても似たようなもんだっただろう。だからまあ、そう気にすることはねえ」

自分の女が貶《おとし》めた戦士達に、感謝と賞賛の言葉をゆっくりと語る。

それが自分の前で試合をした彼女達への礼儀だったからだ。

「デイアオ＝ウトウ、お前は確かに凶憑きに負けた。だが、あれは俺が戦っても勝てるもんじゃなかった。それだけ強い相手だった、恥に思うな」

この国で最強の男、国王から『強すぎる』と称された銀鬼拳ランは、直接褒められたわけでもないが、とても嬉しそうだった。

そんな彼女を見て、テンペラの里の娘達も誇らしげである。

自制を学び苦渋を乗り越えた彼女は、ようやく惜しみのない賞賛と畏怖を得たのだ。

「トレス、よく逃げなかった。こんな奴相手に、よく背中を見せずに持ちこたえたな」

全部の力を同時に使えるなど狡いにもほどがあるし、あそこまで狂乱していれば怖くて仕方ないだろう。

もはや、逃げなかったことを褒めるしかない。

「バイゴウ＝シヨキ……どうだった。アルカナ王国最強の戦士は」

「……勝てるわけがないと思いました」

「だろうな……あれは、なんだ……なんなんだろうなぁ……」

なまじ、動体視力がいいからこそ理解できてしまう。

山水は速さや力で圧倒したのではない、速度も力も劣るくせに圧倒したのだ。

第三者目線で見ていても、なぜ山水が彼女を圧倒できたのかわからなかった。

ただ、そこには確かな理合《りあい》が存在していた。

偶然でも奇妙な術でもなく、戦闘の論理が確かに存在していた。

改めて、ひれ伏している山水を見る。どう見ても強そうに見えない、やたら腰の低い男だった。

「まあいい……お前が一番強いってんなら、安心だ」

「ありがとうございます」

「トオンが世話になっているらしいが……あいつはどうだ」

「元々、私が教えるまでもなく素晴らしい剣士でした。私はその力添えをしたに過ぎません」

「……そうか」

謙虚すぎて話になっていない。とはいえ、彼にこれ以上聞いてもまともな答えは返ってこないと理解する。

「今回は、改めて悪かったな。後継者争いってのは、本来ヘキ達が何とかするところなんだが、結果的にこの場の全員を巻き込んじまった。俺の女の不始末だ、許してくれ」

王位継承権をかけて、兄弟で争う。その中で同じ血を分けた兄弟の命を奪うこともある。

しかし、今回争ったのは、全員自分の子供ではない。だとすれば、それは謝るところだった。

「スクリンが暴走しても、それをひっくるめて跡目争いなんだが……まあ仕方がねえ、とは言えねえ。とにかく、悪かったな。無様な醜態も含めてな」

スクリンは、敗者やその親族の前で自分の都合や自分のメンツのことしか言っていなかった。

もしもあの場でハーンが罵倒しなければ、外交上とんでもないことになっていただろう。

「いいか……特にサイガ、お前だ」

「はい……」

「思ったことを、そのまんま口に出すんじゃねえ」

とてもまともすぎて、なんとも言えない空気になっていた。

素直に自分の感情を口にすることを美徳とする価値観もある。

しかし、それには限度と節度があるのだ。

「人間、自分のことばっか考えてるもんだ。目論見が潰れればそりゃあ苛立つってもんだ。だがなあ……こういう場以外でペラペラしゃべるな。みっともねえにもほどがある」

王家の威信が地に墜ちた、それはハーンも思わないではない。

第一から第四までの試合でほめたたえていたが、それだって心中複雑だったのだ。

だが、そこで卑小な振る舞いをすればなお情けない。

「強いってのはな、かっこいいってことなんだ。王ってのはそういうもんだし、心の中でどう思ってたってそう振る舞わねえといけねえ」

たとえはらわたが煮えくり返っていたとしても、それでも大笑いして虚勢を張り、皆に悟られないようにしなければならない。

負けて当たり散らすなど、恥の上塗り極まりない。

「勝って格好をつけるなんて当たり前だ、王ってもんは、大人ってもんは、負けても格好をつけるもんだ」

酒をあおり、息を吐く。

「だから、酒と肉と女が王にはいる。嫌なことを忘れるために、やり過ごすためにな。それでも我慢できなくなった時、王はその椅子を次の奴に押し付ける」

その言葉が、自分だけではなくこの場にいない誰かのことを意味しているのかも、おおむね見当がつく。

スクリンの陣営七人は、黙って聞いていた。

「だからまあ、俺はトオンが国を出ることを許した。あいつは、気が利きすぎるからな。女がどう振る舞ってほしいのか解るから、つい期待に応えちまう。あいつは女をだますわけじゃあねえが、女を夢中にさせちまう。夢中になった女ってのは理想の男を求め続けちまうのさ」

強い王でも、嫌なことがあれば憤慨する。それをごまかして豪快に笑う。

良い男でも、嫌なことがあれば鬱憤がたまる。それの癒しを女に求めることもある。

王は、トオンの苦悩を理解していた。

「俺は、あいつの結婚には全面的に賛成だ。あいつは人を見る目があるからな。あの性悪女をあいつが選んだんなら、それはそれで結構だ。スナエのほうは……まあこれからだな」

「すみません……」

「だから謝んなって言ってんだろうが。勝ったお前が卑屈にしてたら、負けた奴は立つ瀬がねえだろうが。見栄を張れって言ってんだろ」

周りの人間を不快にさせる態度をするな、と怒鳴りつける。

心の中でどう思っていたとしても、勝者にして強者にふさわしい振る舞いをしろと言っていた。

「悪いと思ってるんだったら、頭下げるだけじゃなくて詫びの品も用意するもんだ」

「……あの、お金は」

「んなもんいるか！　お前の国の法術使いの腕は見た。あれはとんでもなく有用だな、もっと欲しい。お前らもそう思うだろう」

法術の治療、それを実際に受けた七人は頷いていた。

確かに他人の傷を治せる術は、非常にありがたい。

トオンが国家への献身として持ってきただけのことはある、とんでもない術だった。

「とはいえ、外国のもんをどさどさ入れるわけにもいかねえ。こっちにいる法術使いに、素養のある奴を見分けさせろ。そんでもって、そっちに留学させる。嫌とは言わねえだろうなあ」

ハーンとしては、他の国の者からも選出したいところだった。

そうすれば、今回の件の不始末には十分、と言いたいところだった。

「それは、その……カプトに連絡しないと……」

「ふざけんな！　その了解が出んのは何カ月後だ！」

バトラブの次期当主ではあるが、法術の本家であるカプトに了解が要りそうなことには即答できない。しかしそんなことは、ハーン王には関係がないわけで。

「詫びろって言ってんだろうが！　それぐらいどうにかしろ！」

「はいっ！　善処させていただきます！」

「よし、聞いたからな！　必ず何とかしろよ！」

これが恫喝外交か、と山水は感心していた。

どっちが先に恫喝したのかはわかったものではないので、そこは本人の自業自得である。

「でだ、サンスイとかいったな。人参果やら蟠桃やら宝貝やらを作ったのは、お前の師匠だとかいう奴ってのは本当か？」

「はい、目録にもあるように、我が師であるスイボクです」

「お前は作れるか？」

「無理です、習っておりません」

「……ちっ」

露骨にがっかりしている、ハーン王。

実際の効果を見れば、いくらでも欲しいと思うだろう。

アルカナ王国が渡した蟠桃や人参果は、決して大量ではない。

「習えばすぐに覚えられるもんか？」

「いいえ、私が今から習い始めても、どの品も完成する頃にはこの場の者が全員寿命を迎えています」

「……お前、仙人らしいな。何歳だ？」

「おおよそ、五百歳ほどです。仙人としては若輩でして、我が師は四千歳ほどだそうです」

「そうか……」

マジャン王もその周辺の王女達も、さすがに閉口していた。

マジャン王国建国以前から修行しているというのは本当だろうが、なぜそんな男が俗人に仕えているのかわからないのだろう。

「仮に、他の仙人を見つけたとしても、宝貝や蟠桃や人参果を作れるとは限りません。師匠はたいていの術が使えるのですが、普通の仙人は一つの術を究めるのが普通だそうです」

「つまり、今ある分以外は諦めろってか……まあしょうがねえやな」

理論的に無理ならば、諦めるしかない。

余計に欲しがれば、それこそ何も手に入らないだけだ。

「トオンの師匠だってんなら、この国の影降ろし達にもいろいろ指導してやってくれ。半年は滞在してもらうんだしな」

「時間が許す限りは……」

「お前はトオンの嫁の護衛だろう。それならまあ、多分ずっとつきっきりだろうぜ」

ともあれ、この場はこれで収まりつつあった。

勝った側は恐怖と共に実力を認められ、負けた側は未知の脅威から逃げなかったことで評価される。

この場の誰もが、未来を失わずにいた。

×　×　×

今回の御前試合は、いろいろな意味で歴史に名を残すのだろう。

裏事情が明らかになるかはともかく、諸国へも大いに伝わるだろう。

つまりは、スクリンの望んだ通りだった。

まるで反対方向ではあるが、スクリンの望みは叶ったのである。

「……トオン、スナエ！」

可愛さ余って憎さ百倍という言葉がある。

自室で悔しさに震えていたスクリンは、訪れた兄妹を見て憎悪をぶつけていた。

今の彼女には、もう何も残っていない。子供は国を離れ、王からの愛は失われ、諸国とのつながりも断たれた。

自分の子供が原因だった。親に逆らった子供達が、何もかもを奪ったのだ。

「母上……」

「なぜですか！　なぜ貴方達は、私の邪魔をするのですか！」

狂乱する母親を、二人は痛ましく見ていた。

こうなるとはわかっていたが、こんな彼女は見たくなかった。

だがこうしなければ、国家は割れていた。二人にとって、国家を割ってでも見たい笑顔などない。

「連れてきた戦力を、この国の王になるために使わないのはなぜですか！」

この母親が犠牲になるだけで、国家は救われた。

首謀者の地位が落ちるだけで、マジャンは救われたのだ。

それを、二人は喜べない。

「この国の法が、おかしいとは思わないのですか！　王気を宿さなければ、王になれないなどおかしいではないですか！　貴方のような、最高の男が、王になれないこの国は間違っている！」

あながち、間違っているとは言い切れない。

王気を宿していなくても、立派な王や豊かな国は作れる。それを二人は知っている。

そしてその理屈で言えば、彼女は立派ではない人だった。

「母上」

「なんですか！」

「迷惑です」

母親という女性を、トオンは残酷に切って捨てた。

もっと早く、こうしていればよかったのだ。

そうすれば、少なくともこんなことにはならなかったのだから。

「な、何を……」

「私は王になりたくないと言っているのです」

「そ、それは、周りに気を使っているのでしょう……？　王になりたくないなど、貴方は一度も言ったことがないでしょう……」

嘘でもない。心のどこかで、王への未練があったのだろう。それを口にしなかったのは、周囲への気遣いなのだろう。

だがしかし、それを明かす意味はない。もうすでに、真意を明かし合って笑う段階は、過ぎている。

彼女が、一線を踏み越えすぎたのだ。

「母上、はっきり申し上げます。私はアルカナ王国という遠い異国で根を下ろし、そのまま骨を埋めます。その挨拶をするために、ここへ来たのです」

「ですから！　なぜわかってくれないのですか！」

彼女の嘆願が、兄妹を苦しめる。

二人は知っている、彼女と似た存在を知っている。

ドミノの亡命貴族達、帝位や爵位が、絶対的な意味があると信じて疑わない愚か者達。

それが、自分達の母だった。

「王になって！　たくさんの女性に囲まれて！　民衆から声援を受けることが！　貴方の幸せなのよ！」

「それの、どこがいい王なのですか？」

浅かった。あまりにも浅く、何も考えていなかった。

「母上の考える王とは、そんなものなのですか？」

「そ、それの何がいけないの……！」

「……母上、私は」

ただの事実として、トオンはそうだった。

今まで多くの女性の心を奪ってきた、理想の王子だった。

「女性に気を使うことに疲れました。もううんざりです」

「え？」

「聞こえなかったのですか、結婚をして一人の女に甘える、一人の男になりたいと言ったのです」

スクリンはいつまでも、理想の王子の母でいたかったのだろう。

だがその希望に沿うことはできない。トオンは既に、一人の男なのだから。

スクリンは、トオンが信じられなかった。こんなことを、母親に言う子ではなかった。

「貴方がかわいそうだから！　貴方のために！　この国を変えようと思ったの！」

「内戦になっても構わない、国民がいくら死んでもいい。そう思っている方を、私が尊敬するとでも思っているのですか？」

「違うのよ、トオン！　私はただ、貴方を想って！　貴方を王にしたくて！」

彼女は弁護する。自分を弁護する。

自分が子供を嫌うのはいい。だが子供に、トオンに嫌われることには耐えられなかった。

「では、内戦になるとすれば諦めたのですか？」

「そ、それは……」

「国民が多く死ぬと知れば、仕方ないと諦めたのですか？」

「……」

「お答えください」

「あ、貴方のためなら……」

「私を王にするためなら、国民がいくら死んでもいい、と思っていらっしゃるのですね」

「……それは」

「私の前で、臣下の前で、国民の前で、支持者の前で、どうぞおっしゃってください」

言えるわけがない。

「なぜ言えないのですか？」

「それは、そんなことをすれば……私は」

トオンが恐ろしい、こんなことを言う子ではない。

「私は……貴方のために……」

言わせているのは自分だと、彼女は気付かなかった。

「兄上、もうやめましょう。母上に言葉は届きません」

スナエが、兄を止めた。これ以上は、双方にとって無意味である。

「スナエ……私は……母上を捨てねばならないのだ」

「好かれる努力をやめるとしても、無理に嫌われずともいいのです。行きましょう、兄上」

子供のためを思っていれば、何をやっても許される。

揺るがぬ正義を信じる人は、優先順位の根底が違いすぎる。

「……そうか、そうだな」

「行きましょう、兄上」

「ま、待ちなさい、二人とも！　この母が止めているのですよ！」

スナエとトオンは、残念そうに去っていく。それをスクリンはとどめようとする。

「わ、わ……」

なんとか止めようとする。しかし、嫌われてもいいと思っている者を、止める言葉など皆無であった。

「私がどうなってもいいのですか！」

二人は振り向かず、そのまま出た。

彼女はなおも叫ぶが、しかし戻ることはなかった。

「あらあら……情熱的なお母様ね」

部屋の外で待っていたドゥーウェは、トオンの手を取っていた。

相も変わらず、満面の笑みである。

「お恥ずかしい……ドゥーウェ殿」

「あらあら、恥ずかしいところは散々見せ合った仲じゃない」

トオンが己にしか見せないであろう弱さを、ドゥーウェは支配していた。

ゆだねてくる彼を、彼女は抱きしめて離さない。

故郷へ帰ってきたトオンは、母親にもこうしてほしかった。玉座などという大層な贈り物などではなく、兄妹や父親としたように、普通の挨拶で迎えてほしかっただけなのだ。

その普通を、あのスクリンは用意できなかった。

「……ふん」

認めたくないことを口にするのは難しい。

スナエはその光景を見ても、ドゥーウェの美点だとは口にできなかった。

×　×　×

ハーン王との食事会が終わった後、テンペラの里の四人とエッケザックスは、ドゥーウェの父や山水と同じ部屋で今日の試合を振り返っていた。

ちなみに、トオンとドゥーウェがどこにいるのかなど話題に挙げるべきではない。ソペードの前当主の機嫌が悪くなるだけである。

「私が言うのは筋ではないが、よくやったな」

切り札の二人とそれに準ずるランは、ある意味勝って当然だった。

しかし、テンペラの里の四人は確実に勝てるとは言えなかった。

少し掛け違いが起きれば、法術使いの世話になっていたのは彼女達四人だった可能性もある。

それを抜きにしても、巨大な獣と試合をするというのはとても勇気のいることだった。

そのあたりを含めて、バトラブ筋の臣下である四人のことを褒めていた。

「ありがとうございます、ですが……」

「正直、勝った実感が薄くて」

「思ったよりも嬉しくないと言いますか」

「自力で勝ったというよりは、勝たせてもらったと言いますか……」

爽快な勝ち戦とはいかなかった。

彼女達としては、異国で己の武を示すという目標を達成したのではあるが、素直に喜べずにいた。

「私も武人だ、言いたいことはわかる。戦うことと勝つことはまた別だからな」

それを前当主は理解していた。彼女達の不満、あるいは消化できないしこりに共感していた。

「尋常な勝負、とは言いがたい戦いだった。公正で公平ではあっても、対等な戦いではなかった。勝つべくして勝つ戦いというものは、お前達には面白く感じられるものではない。というよりも、これを面白いと感じるものは、個人の技量を向上させようとは思うまい」

今回の戦いを突き詰めると、寝込みを襲うことや闇討ちが最強ということになる。

それはそれで警戒しなければならないし、もちろん需要はある。というか、霧影拳はたぶんそれを期待されている。

しかし、根にあるものが武術家である彼女達は、それを好ましく思っていなかった。

「しかしだ、お前達の心中は私からの賞賛には関係ない。不満は胸の内にとどめておけ。お前達はなすべきことをなしたのだからな」

今回、アルカナ側は相手に情報を知らせずに戦った。

後半の三人は知られていても全く問題ではなかったが、前半の四人は知られていれば対応されていた可能性もある。

そのあたりを自覚しているだけに、純粋に喜べない。

しかし、結果は結果。彼女達は好ましくなくとも作戦を完遂したのだ、それは褒めなければならない。

「サンスイ、お前もよく戦ってくれた」

「光栄です」

「我がソペードの武名は、お前とともにこの地で語られるであろう。お前の師であるスイボク同様にな」

「恐れ多いことです」

控えている山水を、前当主は褒めていた。

礼節を保ち品位を保ち、技量を示し器量を示した。

「……本当に、強くなったな。以前のお前なら、相手が疲れるまで付き合うか、あるいは速攻で沈めるしかなかったはずだが」

「これも、師匠からの指導のおかげでございます」

「改めて、お前の師は遠いな。感服したぞ」

戦いの幅が広がり、懐が深くなった。

術が増えたことで相手への対応が状況に合わせてできるようになったのだ。

ドゥーウェの前では縮地の高等技で翻弄し、ハーン王の前では外功法で鮮やかに下す。

相変わらず派手さはないが、強さは増していると言っていいだろう。

というか、仙術で派手さを追求すれば、国が滅びてしまうわけであるし。

そもそも、過去に練習で滅亡させたことがあるらしいし。

「我が師こそ、殺すためでも勝つためにでもなく、戦うために鍛える方の極致でしょう。私は強いだけですが、師はそれこそ何でもできますから」

「そう卑屈になるな、そもそもそんなことは求めていない」

確かにスイボクは思った以上に何でもできた。

もともと才能がある上に向学心もあり、千年費やしたことで大抵のことができるようになったのだろう。

思うに、スイボクが国を亡ぼすことになった原因のほとんどは、スイボクが何でもできすぎたせいではないだろうか。

鍼灸術やら針術やら、人参果と蟠桃を抜きにしても有用な技が多い。

アルカナ王国にいる時にその術を披露していたが、最強の仙人にして最強の剣士、とは何の関係もなさそうな技でご婦人を魅了していた。

そりゃあ、彼があそこまで強いと知らなかったら、国に縛り付けようとするだろう。その結果、天変地異を手足のごとく操る怪物が牙をむくわけだが。

虎の尾どころか、比喩誇張抜きに天災が国家を敵に回すのだ。後悔する間もなく滅亡まっしぐらである。

「人間というものはな、任された仕事が一つできればそれで十分なのだ。宝貝を作ることができなかったとしても、そんなことはどうでもいい。お前は一人の剣士として、十分すぎるほどの実力を持っている。であれば引け目に思うことはないだろう」

何でもできる、というのは確かに自慢だろう。それが自分にしかできないのならなおのことだ。

しかし、それは必要ではない。山水に剣以外の取り柄がなかったとしても、何の問題もない。

「光栄です」

「お前の場合、師匠が目標である以上志高いことは理解しているがな。今のお前はソペードの臣下だ。そう振る舞うならば、そう口にしていればよい」

「ありがとうございます」

実際のところ、山水が卑屈に振る舞えば他の者は居場所がないだろう。

他の者のためにも、ハードルを下げてほしいところである。

「……ん？」

そうしていると、山水が妙な顔をしていた。

何かを感知したのか、何の変化もない部屋の中で一人気付いている。

「すまんが、お前らって傀儡拳のことをどの程度知っている？」

唐突な質問が、彼の口から出ていた。ちょうどその場にいる、テンペラの里の面々に尋ねている。

この地にもなぜかいる、巫女道の使い手に変化でもあったのだろうか。

「傀儡拳に、動物を操る技があるか？」

「ありますよ、傀儡拳の使い手は犬とか猫とか鳥とかを使役できますから」

「細かいことは知りませんけど、そういう術もあったはずです」

「確か何頭か飼ってたような……」

「よその家のことはあんまり知らなくて……」

「エッケザックス……どうですか」

今まで黙り切っていた、エッケザックスに声をかけてみる。

多分知っているだろうけども、とんでもなく拗《す》ねているのでなかなか声がかけられなかった。

「……あったの、たぶん」

どうでもよさそうな返答が返ってきた。

下手をしたら、こういう時しか出番がなさそうであるし。

妙に博識なところを見せれば、ただの辞書扱いにしかなりかねないので、あえてぞんざいに答えているのかもしれない。

「それがどうした」

「巫女道の使い手が、こっちにネズミらしきものを放って、向かわせているので」

「……あ、そういうことか？」

何か察するところがあるのか、エッケザックスは思い出しているようだった。

「もしや、あの『天狗』めの里の者か」

「天狗？　天狗とは、妖怪変化ですか？」

「旧世界ならともかく、この新世界にそんなものがおるか」

調子を取り戻したエッケザックスは、山水の勘違いを正していた。

「天狗とは修験道を究めた者を指す言葉。呼び名が違うだけで、おぬしと同じ仙人じゃ。その中でも……ある一人の天狗は、巫女道の血統を長く保護しておる」

「天狗が巫女の血統の保護、ですか……」

長く生きている者が、戦いに不向きな術の血統を保護する。なるほど、普通にありそうなことだった。

スイボクも山水もそんなことをする人間ではないが、やろうと思えばできなくはない。

「そやつは我ら八種神宝やスイボクとも知り合いでな……もしやとは思うが、スイボクの弟子を名乗ったお前に、挨拶にでも来たのではないか」

× × ×

まさか、ネズミでもけしかけて嫌がらせをしようとしているのだろうか。

あり得ないとは言い切れない想像は、ただの杞憂《きゆう》に終わった。

一応確認しに行った山水が、どう見ても悪戯《いたずら》に思えない状況に遭遇したのである。

「ちょっと、ようやく見つけたネズミが、全然言うこと聞かないんだけど！」

「何度誘導しても、硬いものを噛んで前に進まないんだけど！」

「っていうか、このネズミ痩せてる！　おなか空きすぎて、元気ないんだけど！」

「先になんか食べさせてから行かせなさいよ！　段取りが悪いってどうなのよ！」

「ああ、もうネズミで連絡をとろうって言ったのは誰よ！」

「ネズミを見つけるのに時間かかりすぎだし、ネズミに術をかけるのにも時間をかけすぎだし！　最悪！」

「最初から普通に話しかければよかったじゃん！　よく考えれば！」

「バカ！　私達あの大天狗のお弟子様にケンカ売っちゃったのよ!?」

「おい、お前ら何やってるんだ」

どうやら、小動物を操るとしてもそこまで自由自在に操れるわけではないらしい。

しかもそんなに計画的でもなく、緊急事態でもないらしい。

あてがわれているらしき部屋に入ってみると、扉の外まで聞こえるやかましい少女達の口論があった。

「ひぃいいいいいい！」

「スイボク様のお弟子だわ！」

「ありとあらゆる国と時代で最強を不動にしているという、あの天狗のお弟子だわ！」

「あの伝説の暴れん坊のお弟子だわ！」

「殺される！　全員殺されるわ！」

「……」

自分に接触しようとしていたのだ、と確認できたが、己の師匠の過去の行状を聞いてへこむ山水。

しかしずっと落ち込んでもいられないので、気を取りなおす。

「おい、お前達。命を取ることはないので早急に要件を言え、さもなくば……戻るぞ。今後お前達を無視するぞ」

単純かつ深刻な条件を伝える山水。

正直、彼女達の話なんて聞きたくないが、それでも役目なので一応聞かねばならないのだ。

「それが嫌なら、一人代表を決めてさっさと話せ」

「お見苦しいところをお見せして申し訳ございません、大天狗スイボク様のお弟子であらせられるサンスイ様」

十人ほどいる少女達は大慌てでひれ伏して、代表の一名が話し始めた。

話が早くて結構だが、おそらく彼女達にとって、天狗、あるいは仙人がどういう存在なのかを示していた。

「今回は知らぬとはいえ、貴方の敵方に回ってしまい、申し訳ございません」

「それはいい、咎《とが》めるようなことではない」

「ありがとうございます」

「しかし……まさか謝りたかったとでも言うのか？」

確かに客観視して、スイボクの弟子を敵に回していたと思えば、謝りたくもなるだろう。

しかし、エッケザックスも気にしていたが、そもそも彼女達は何が目的で今回の件にかかわっていたのだろうか。

どうにも、計画に対して積極的でもなさそうだったのだが。

「いいえ、違います。大変申し上げにくいのですが……」

「なんだ」

本当に、大変申し上げにくそうだった。

「お金を恵んでください」

番外編

世の中には、結婚という儀式が存在する。当然アルカナ王国にも存在し、その儀式を終えることで男女は夫婦として正式に認められる。

そして、結婚をしていない状態で子供ができることは、不義理であるとされている。

しかしアルカナ王国、特にソペード領では、例外が認められている。それは夫になる予定の男が遠征に向かい、結婚を約束した女と長く離れる場合だ。

今回山水は、任務で一年近い旅に出る。であれば実質的に遠征と同じ扱いであり、若い男女としてやることをやるのも許されていた。

なお、山水は若くない模様。

×　×　×

山水がマジャンへ旅立って、ブロワたち兄妹とレインは、ウィン家の領地へ戻っていた。

しばらくの間は、退屈で刺激のない日々を過ごしていた二人だが、ある時転機が訪れる。

ブロワが体調を崩し、懐妊が発覚したことで、二人は一気に『日常』を脱した。

「ブロワお姉ちゃん、赤ちゃんできたの？」

「その通りだ！」

興味津々なレインに対して、ブロワは誇らしげに答えた。

妹や弟を欲しがっていたが、具体的にどうすれば子供ができるのか知らなかったレインへ、ここにきてようやく『真実の成果』を報告できたのだ。

それを誇ることは、彼女にとって一種の悲願だった。まだ正式な結婚をしていない彼女ではあるが、ここにようやく女性としての成果を得たのである。

まだ初歩ではあるが、一般的に言って幸せの一歩目と言っていいだろう。

「パパもきっと喜ぶよ！」

「そうだな！」

サンスイも子供ができたら、きっと喜ぶだろう。やや浮世離れしたところのある男ではあるが、自分に子供ができれば普通に喜ぶはずだ。

「わかっていたことだが……教えられないのが残念だ」

今のサンスイは、遠い旅の空である。だからこそ結婚前に子供ができるようなことをしたのだが、今すぐ伝えられないのが残念だった。

「スイボク様に頼む？」

「やめよう」

残念ではあるが、スイボクに頼るほどではなかった。

ブロワもレインも、スイボクが実際に戦うところを見たわけではない。

しかし実際に戦うところを見た者達は、口をそろえて『アレは化け物だ』と言っていた。アルカナ王国の首脳部も、彼の扱いには困っている。

そんなスイボクへ『子供ができたから連絡してほしい』と頼むのは、ちょっと怖い気がする。

「それに、スイボク様もお忙しいのだ。サンスイには悪いが、まだ当分は秘密だな」

「そっか～～……残念だなあ」

残念ではあるが、もともとそういう話だった。十年も二十年も帰れないわけでなし、二人はその時を待つことにした。

「えへへ……私もお姉さんか～～……」

レインもこれには大喜びである。自分が姉になる、というのは一種の達成感さえあった。

「ねえ、お姉さんって何すればいいの？」

「……そう言われてもな」

姉になったからには、姉らしいことをしたい。しかし具体的な例を挙げるとなると難しかった。

姉とは何をするものぞ。

「ブロワお姉ちゃんには、シェットお姉さんがいて、ライヤちゃんがいるけど。分からないの？」

「姉妹の付き合いは、ほとんどなくて……お嬢様の護衛を務めるため、剣や魔法の鍛錬にいそしんでいたからな……」

ブロワには、姉も妹もいる。だが付き合いがあんまりなかったので、姉妹の振る舞いというものに詳しくなかった。

二人して悩んでしまうが、それなりに楽しい悩みであった。

それに、ここはブロワの実家である。相談できる相手は、いくらでもいた。

「どうだ、レイン。ライヤに報告がてら、いろいろ話を聞いてみないか？」

「うん！　ライヤちゃんに聞いてみる！」

姉であるシェットは別の家に嫁いでおり、兄であるヒータはとても忙しい。だが妹であるライヤは、暇をしているはずだ。

末の妹として、姉や兄にどう振る舞ってもらっていたのか。それをちょっと聞いてみようということになったのである。

×　　×　　×

自室で優雅に紅茶を飲んでいたライヤ・ウィンは、姉と姪を快く迎えてくれた。

「実はな、ライヤ……私は妊娠したんだ！」

「まあ！　すごいわブロワお姉様！　おめでとう！」

定型極まった言葉だったが、その表情や所作には祝福だけが感じられた。

ライヤは過剰にならない程度に嬉しそうに笑って、少し大げさなぐらいに身振り手振りをしていた。

賢い彼女は知っている。こういう時は、ただ普通に喜ぶのが正解であると。

「そうだろう！」

大正解であった。ブロワは、少し過剰なぐらいに喜んでいた。

「レインちゃんもよかったわね！　これでお姉さんね！」

「そうなの！」

レインへの対応も大正解であった。

変に気取ったセリフなど不要、普通に喜んで普通に褒める。祝福において、これに勝るものはない。

「サンスイさんも、きっと喜ぶわ！　帰ってきた時、どれだけ大はしゃぎするのか、今から楽しみね」

ツボを押さえた褒め言葉に、二人は御満悦であった。思わず、ここに来た目的を忘れかけたほどである。

こうやって自慢することも目的ではあった、祝福してほしかった。

だがそれだけではない、もう少し踏み込んだ話もしたかったのだ。

「あのね、ライヤちゃん。私お姉さんになるでしょ？　赤ちゃんにとって、素敵なお姉さんになりたいの！」

「あらあら！　ものすごく張り切ってるわね！」

「そうなの！　だからね、お姉ちゃんってどんなことをすればいいと思う？」

「そうねえ……妹の立場からするとねえ」

張り切るレインと、それに乗るライヤ。そしてこの幸せを分かち合ってくれて、嬉しそうなブロワ。

きっとどこにでもある幸せが、ここにはあった。

「ああ、ここにいたのね、ライヤ」

「ブロワとレインちゃんもいたのか……すまない、私達もライヤに相談があってな」

そんな幸せに水を差したのは、忙しいはずの二人だった。長姉シェットと、長男のヒータである。

良くも悪くも頑張り屋さんな二人の登場に、三人の女子は嫌な予感しかしなかった。

「あのね、ライヤ……王都から帰ってきてから私、実はこの美貌を自慢していたのよ……！

若い子にも負けていない、むしろ勝てるこの肌のハリを！　みずみずしい身体を！」

「そ、そう……」

「そうしたらね、年上のお姉様達が……秘密を知りたがって、私を離してくれないのよ……困ったわあ」

女性に嫉妬される女性、という本懐を果たした彼女は、悦に入っていた。

困っているのは本当だろうが、正直嬉しく思っていることも本当だろう。

「でも最近はちょっと面倒になってきてね……何かいい知恵を貸してもらえないかしら」

「姉さんの話もそうだが……私の話も聞いてくれ、ライヤ」

姉の悩みを聞いた後で、次期領主であるヒータは神妙な面持ちで用件を口にした。

「知っての通り、スイボク様のお造りになった宝貝は、とても有用性が高い。特に空を飛べる風火輪は、風や火の魔法と違って安全だ。アレを欲しがる方は多くてな……」

自慢交じりのシェットと違って、ヒータは真剣そのものだった。だがその目は、野心でぎらついている。

「もちろん、例の代物が禁制になっていることは事実だ。だが近隣の名家から、問い合わせがあってな……なんとかしたいのだ、知恵を貸してくれ！」

年の離れた姉と兄。二人からの熱い信頼に対して、ライヤは頭を抱えていた。

どう見ても幸せそうではないし、どう見ても楽しそうではない。ブロワやレインからすれば、とてもかわいそうだった。

「そうね……まずシェットお姉様。いちばん発言力があって、いちばんお年を召されているご婦人へ、『禁制の品になったので、丸々頂けるとは思えない。一かけらだって怪しいです』と言えば、きっと力になってくださるはずよ」

「そうね！　匂わせるだけでも違うわよね！」

なかなかの悪知恵だったが、シェットはそれに満足していた。どうやら彼女は、妹の案に乗っかることにしたらしい。

「ヒータお兄様。まず安請け合いはやめて希望を持たせるようなことは言わないで、しっかりと断って」

「だ、だがな……」

「お兄様が作れるわけでもないでしょう。手柄の横取りをたくらむなんて、程度が知れるわよ？　お兄様の裁量でどうにかできるような状況になったら、その時初めて返事をすればいいの。それが誠実というものよ」

「……そうだな、すまない。欲に目がくらんでいた」

かくて、二人は去っていった。もちろんレインやブロワに一礼をしたが、彼女達がどうしてここにいるのかには、かけらも興味を持っていなかった。

「……で、レインちゃん。立派なお姉さんだったわね？」

「うん……」

「ああなっちゃダメよ」

完璧な回答に、レインもブロワも苦笑いするしかなかった。

あとがき

この度は『地味な剣聖はそれでも最強です』の七巻をご購入いただき、ありがとうございました。

前巻では一ページしかあとがきの枠を頂けなかったのですが、今回はその倍です。

前回は大変でした、挨拶を除けば八行しかなかったんです。たったの八行では、熱い思いを伝えきることはできませんでした。

とはいえ、六巻のことを七巻で書くのは少し違う気もしますので、一つだけ。

スイボクとフウケイが、並んで座っているイラスト……最高ですね！

広告にも使っていただいた、あのイラストなのですが、自分が要望を出して、無理にお願いをしたものなんです。

それぐらい、あのシーンには思い入れがありました。前々から、ずっと描いてほしかったんです。

フウケイがスイボクを嫌う理由は、作中で散々書かれました。スイボク自身も認めていますが、こいつはとんでもない悪人なので。

ですが、スイボクがフウケイに対して好意的なことは、少し伝わりにくかったかもしれません。それが、あの一枚のイラスト、広告での『美しい思い出だけに、ずっと浸っていた』。スイボクとフウケイの物語が、完璧に入っていました。シソ様には、本当に感謝感激雨あれです。

では、七巻について。
既に『小説家になろう』様で公開している話を、大きく修正したものがこの本なのですが、やはり一冊の本にするとなると一話ずつの話とはかなり違いますね。
作者が校正している段階で、既にわかりにくかったです。ましてや読者の皆様には、当時は何が何だかわからず没入感も何も得られなかったでしょう。
娯楽なのですから、情報がすっと頭に入らないと駄目ですよね。構成の大事さを思い知りました。

では……シソ様、黒田様。いつもお世話になっております、どうか今後も、よろしくお願いします。

明石六郎

婚約破棄された令嬢と人嫌い魔王の、
めくるめくイケナイ毎日が始まる…!?

婚約破棄された令嬢を拾った俺が、イケナイことを教え込む
～美味しいものを食べさせておしゃれをさせて、世界一幸せな少女にプロデュース!～

著 ふか田さめたろう　イラスト みわべさくら

森の奥に住まう人嫌いの魔法使い・アレンは、「魔王」と呼ばれ周囲の人々から恐れられていた。隠遁生活を送る彼はある日、行き倒れた令嬢・シャーロットを拾う。彼女は無実の罪で婚約破棄され、祖国から逃げてきたのだという。それを聞いたアレンは、かつて仲間と信じていたパーティに裏切られた苦い経験を思い出す。17歳、搾取されっぱなしの彼女の話を聞いて、アレンは決意する。自分の屋敷に住まわせて……イケナイことを教え込む、と。

ISBN: 978-4-391-15444-3

陰キャの毎日は残念ながら
平穏ではないようです!

クラスで陰キャの俺が実は大人気バンドのボーカルな件

著 夜桜ユノ　イラスト みすみ

白星高校に通う須田凛月は、学校では冴えない陰気な生徒だ。しかし、その正体は中高生に大人気の覆面バンド「ペルソニア」のボーカル、シオンだった!　クラスはいつもペルソニアや、仮面で目元を隠した謎のカリスマボーカル・シオンの話題ばかり。凛月は今日も素性を隠し、正体がバレないよう陰キャとして振る舞う。全ては家族や愛する妹に迷惑をかけないようにするため。自分の熱狂的なファンであるクラスメートたちに囲まれ、冷や汗を流しながら——。

ISBN:978-4-391-15506-8

PASH!《パッシュブックス》 BOOKS

URL https://pashbooks.jp/　Twitter @pashbooks

この本を読んでのご意見・ご感想・ファンレターをお待ちしております。
〈宛先〉　〒104-8357　東京都中央区京橋 3-5-7
　　　　（株）主婦と生活社　PASH！編集部
　　　　「明石六郎先生」係
※本書は「小説家になろう」（https://syosetu.com）に掲載されていたものを、改稿のうえ書籍化したものです。

PASH! ブックス

地味な剣聖はそれでも最強です 7
2021年3月15日　1刷発行

著者　明石六郎
編集人　春名 衛
発行人　倉次辰男
発行所　株式会社主婦と生活社
〒104-8357　東京都中央区京橋 3-5-7
03-3563-5315（編集）
03-3563-5121（販売）
03-3563-5125（生産）
ホームページ　https://www.shufu.co.jp
製版所　株式会社二葉企画
印刷所　大日本印刷株式会社
製本所　下津製本株式会社
イラスト　シソ
デザイン　ナルティス：久保夏生＋尾関莉子
編集　黒田可菜

ISBN978-4-391-15579-2